Eleonore Rodler

Feichtenbach

Eine Faction

EDITION
VA BENE

Der Verlag legt großen Wert darauf, daß seine Bücher der alten Rechtschreibung folgen. Die Entscheidung bezieht sich auf die Sinnwidrigkeit der meisten neuen Regeln und darauf, daß sie sich gegen die deutsche Sprache selbst richten.

Gedruckt mit Unterstützung der Kulturabteilung der Stadt Wien, der Kulturabteilung des Landes Niederösterreich und des Bundesministeriums für Unterricht, Kunst und Kultur

Die Deutsche Bibliothek – CIP-Einheitsaufnahme

Rodler, Eleonore
Feichtenbach – Eine Faction / Eleonore Rodler. –

Wien ; Klosterneuburg : EDITION VA bENE, 2009.
(Eine Faction)

ISBN 978-3-85167-224-4

E-Mail: edition@vabene.at
Homepage: vabene.at

Satz und Druckvorlage: b+R-satzstudio, Graz
Umschlaggestaltung: Andrea Kopp, Wolfsberg, nach Fotovorlagen der Autorin
Druck: Druckerei Theiss GmbH, A-9431 St. Stefan im Lavanttal

Printed in Austria

ISBN 978-3-85167-224-4

Ein Haus, dessen Geschichte auf der Welt wohl einzigartig ist, steht heute unbeachtet in Niederösterreich, dem baldigen Verfall preisgegeben.

Die Historie des Gebäudes ist wahr und dokumentiert, die Geschichte und deren Personen in diesem Roman sind frei erfunden, Ähnlichkeiten mit lebenden Personen rein zufällig.

– ◆ –

Für Alexander, ohne den es dieses Buch nicht gäbe.

Inhaltsverzeichnis

Einleitung

Sanatorium Wienerwald

SS-Heim Wienerwald

Kinderheim Wiener Jugendhilfswerk

Karl Maisel-Gewerkschaftsheim

Kurhotel Feichtenbach

Als ich das erste Mal nach Feichtenbach kam, geschah dies eher zufällig. Schon oft war ich an der Hinweistafel – Hotel Feichtenbach – bei der Fabrik Ortmann im Piestingtal vorbeigefahren, mit dem Gedanken, „da solltest du auch mal hineinschauen". Doch in dieser Umgebung gab es so viele schöne Waldwege und unberührte Wiesen, die noch zu entdecken waren, daß ich es immer wieder verschob.

Jahre später, an einem jener heißen Julitage, wo man verzweifelt ein Fleckchen kühlen Schatten sucht, kam ich ins Feichtenbachtal, um im Hotel eine kühlende Erfrischung einzunehmen.

Was ich vorfand, war ein verschlossenes Haus – heruntergekommen und verlassen – inmitten einer ruhigen, herrschaftlich angelegten Parklandschaft. Davor eine Gedenktafel, welche an die Erbauer und ihre Leistungen erinnerte. So erfuhr ich, daß das seinerzeitige Kurhotel

Feichtenbach – ehemals Sanatorium Wienerwald – im Jahr 1903 von den jüdischen Ärzten Dr. Bär und Dr. Kraus als Sanatorium und Lungenheilstätte erbaut worden war.

Dieses Haus berührte mich und stimmte mich traurig. Warum ließ man es jetzt verfallen?

Mein Interesse für dieses mysteriöse Gebäude war geweckt. Meine Nachforschungen in den nächsten Jahren ergaben, daß dieses Gebäude ein Stück österreichische Geschichte beherbergt, die noch heute gerne verschwiegen wird.

Nachfolgendes konnte ich in Erfahrung bringen:

Während des Ersten Weltkrieges wurde auf dem Gelände des Sanatoriums eine „Kriegerheilstätte vom Roten Kreuz" errichtet. Die feierliche Eröffnung nahm im Juli 1916 Erzherzog Salvator vor.

In der Lungenheilstätte Sanatorium Wienerwald verbrachte der Schriftsteller Franz Kafka den April 1924, bevor er im Juni in Kierling starb.

Altbundeskanzler Prälat Dr. Ignaz Seipel wurde im Juli 1932, nach seiner Schußverletzung an der Lunge, hierher überführt. Während seines Aufenthaltes wurde er von seinem Nachfolger Dr. Dollfuß, Justizminister Dr. Schuschnigg und Erzbischof Dr. Innitzer besucht. Er verstarb am 2. August 1932 im Sanatorium Wienerwald. Auch der Bundespräsident Wilhelm Miklas wurde von den beiden Ärzten empfangen.

Hoher Adel und der Sohn des Feldmarschalls Conrad v. Hötzendorf waren im Sanatorium Feichtenbach Patienten, das weit über die Grenzen unseres Landes hinaus berühmt war wegen seiner fortschrittlichen Behandlungsmethoden. Die Methode des künstlichen Pneumothorax wurde in Feichtenbach ab 1930 erstmals in Österreich angewandt.

Im Jahr 1938 wurde das Sanatorium Wienerwald von den Nazis beschlagnahmt und bis 1944 als SS-Heim Lebensborn geführt. Es gab in ganz Österreich nur zwei Lebensbornheime: eines in Feichtenbach, Niederösterreich, und das Heim Alpenland in Gmunden.

Mehr als 1200 Kinder wurden in Feichtenbach geboren, viele wurden zur Adoption freigegeben und ins Ausland gebracht; sie blieben über ihre Herkunft im Ungewissen.

Von 1945 bis 1948 führte das Wiener Jugendhilfswerk das Haus als Kindererholungsheim für unterernährte Kinder aus Wien.

Das im Zuge eines Restitutionsverfahren an die Nachkommen der ehemaligen Besitzer rückgestellte Gebäude wurde 1950 aus finanziellen Gründen an den Österreichischen Gewerkschaftsbund verkauft und zu einem modernen Erholungsheim umgebaut. Von seinem früheren stolzen Aussehen, seiner eleganten Fassade war nichts mehr übrig.

Von der Gewerkschaft 1989 an private Besitzer weiterverkauft, schläft es seit 2002 seinen Dornröschenschlaf.

Es ist mir ein Anliegen, daß ein Teil der verschwiegenen Geschichte Österreichs nicht in Vergessenheit gerät.

Die Geschichte des Hauses ist historisch – die darin eingebundene Handlung und deren Personen sind frei erfunden; die Schicksale der Kinder erzählen symbolisch das Leid aller in einem Lebensborn Geborenen …

Die Autorin

Andersentag 2010
»Sie sind drinnen
Ich aß und hörte zu,
Es war ein Theaterkostüm,
www.andersentag.at
Dramatis Personae
DIE MAYFIELDS:
Adrian Mayfield – Hauptperson dieser
Mary Ann Mayfield – seine Schwester
Jack Mayfield – sein Vater
Elspeth Mayfield – seine Mutter
DIE FARLEYS:
Vincent Farley – Kunstmaler
Stuart Farley – sein älterer Bruder
Lilian Farley – Stuarts zweite Frau
Imogen Farley – Stuarts Tochter aus erster
DAS HAUSPERSONAL:
Palmtree – Hausdiener
Tom Beady – Mädchen für alles
Frau Blackwood – Köchin
DIE QUEENBERRYS:

Andersentag 2010

www.andersentag.at

1. KAPITEL

Lilli und Jakob

Wütend nahm ich die vor mir liegenden Seiten und schleuderte sie in weitem Bogen durch das Zimmer.

Sie verteilten sich wie Schmetterlinge im Raum, um dann – während ich sie unentwegt fixierte – ganz langsam zu Boden zu sinken.

Dann stand ich auf, ging um den Schreibtisch und begann, auf ihnen herumzusteigen. Zunächst langsam bedächtig, dann immer heftiger, immer schneller werdend, so, als könnte ich sie damit zerstören, unlesbar machen – die verblichene blaue Tintenschrift mit dem Absatz meiner Schuhe ausradieren.

„Vernichten, einfach vernichten", sagte ich laut dabei, um dann in Schluchzen und Weinen zu enden.

Ich bin eine Idiotin, ich hätte auf Sigmund hören sollen, als er mir das graue, dicke Kuvert übergab und sagte, daß ich es mir sehr gut überlegen solle, verschlossene Türen der Vergangenheit zu öffnen.

„Es ist nicht meine Vergangenheit", hatte ich ihm lächelnd geantwortet, „es ist die Hinterlassenschaft eines Mannes, der durch Zufall mein Interesse geweckt hat."

Zufall?

Ein schrecklicher Gedanke ist in mir in den letzten Stunden aufgekommen. Vielleicht war alles gar kein Zufall? Vielleicht hat diese Geschichte das Schicksal für mich aufgehoben, um die historische Vergangenheit dieses Hauses nicht in Vergessenheit geraten zu lassen?

Hätten Jakob und ich nicht dieses seltsame Hotel zur Hochzeit geschenkt bekommen, hätte ich Sigmund nie kennengelernt.

Nie wäre das Kuvert in meine Hände gekommen, und mein Leben wäre, wie gewünscht, in seinen Bahnen verlaufen.

Doch jetzt hatte die Geschichte dieses Haus mein Leben verändert, und ich wußte nicht mehr, wie es weitergehen sollte und wieviel davon ich Jakob erzählen konnte.

Als wir das erste Mal nach Feichtenbach kamen, waren Jakob und ich ziemlich enttäuscht über dieses riesige, alte Haus gewesen. Es sah ziemlich verwahrlost und schäbig aus. Die Fassade war schon abgebröckelt; die Fenster waren verwittert und verzogen; die Glasscheiben zerbrochen; und die Architektur war einfallslos. Ein typischer Bau der fünfziger Jahre, wahrscheinlich mehrmals umgebaut, um der jeweiligen Zeit angepaßt zu werden.

Doch das Grundstück war ziemlich groß, mit herrlichem altem Baumbestand und wie ein riesiger Park angelegt.

An diesem Tag war es draußen heiß und drinnen angenehm kühl, sodaß wir uns länger darin aufhielten, als wir vorhatten. Das anfängliche ungute Gefühl durch die absolute Stille, die uns umfing – ich würde es nicht gerade als Angst bezeichnen –, hatte sich bald gelegt, und wir durchkämmten Stockwerk für Stockwerk und Zimmer für Zimmer. Die Sonnenstrahlen warfen hell-dunkle Muster an die Wände der Zimmer, und ab und zu knarrte ein Fensterflügel, und ein leichter Luftzug ließ die dunklen, welken Blätter, welche der Wind hereingetrieben hatte, in den Gängen schwebend dahintänzeln.

Das Haus schien zu leben, wirkte nur oberflächlich tot. Obwohl niemand außer uns da war, hatte ich damals das Gefühl, nicht allein mit Jakob zu sein. Vielleicht lag es auch an der Art, wie es verlassen wurde …

Überall lagen noch Gegenstände der Vorbesitzer herum, Putzkübel standen in den Ecken, und in manchen Räumen waren sogar noch die Bettwäsche und Reinigungsmittel vorhanden.

Wir hatten Zweifel, daß von dem Haus noch etwas zu retten wäre – so wie es dastand. Denn der Schimmel und der modrig, dumpfe Geruch, der uns begleitete, während wir die kahlen Gänge entlanggingen, deuteten auf eine starke Verwesung des Gebäudes hin.

Es war einfach nicht zu glauben, daß Vater – dieser großartige Investor und Finanzmagnat – so eine Fehlinvestition getan, und ich fand es traurig, daß er uns gerade dieses alte Hotel zum Hochzeitsgeschenk gemacht hatte.

Das war jetzt zwei Monate her, und ich hatte mich mittlerweile schon an das alte Haus gewöhnt, man könnte fast sagen, daß eine eigenartige, unerklärliche Verbindung zwischen uns bestand. Da es nun einmal uns gehörte und wir daraus etwas Sinnvolles machen sollten, hielt ich mich immer öfter in Feichtenbach auf, streunte durch den Wald und erkundete die Gegend. Eine wirklich gute Idee zur Verwertung des Gebäudes ist mir dabei nie gekommen, aber ich genoß die Ruhe und die gute Luft und die Gespräche mit der kleinen Bevölkerung des

Ortes. Oft saß ich auf einem der zurückgelassenen, verblichenen Plastiksessel vor dem Gedenkstein, der, zur Erinnerung an die beiden Errichter des Hauses, vor dem Haus aufgestellt war, und versuchte mich in die Vergangenheit hineinzudenken.

„Zum Gedenken an die Gründung des Sanatoriums im Jahre 1904.

Die Lungenfachärzte Dr. Arthur Baer 1872–1941 und Dr. Hugo Kraus 1872–1938 machten durch ihre Heilerfolge das Feichtenbachtal weltweit bekannt.

Verfolgt von den Nationalsozialisten, mußten sie ihr Lebenswerk verlassen. Dr. Kraus nahm sich das Leben. Dr. Baer starb im Exil“,

stand auf diesem grauen, verwitterten Stein.

Unser Haus hatte also Geschichte geschrieben. Es war ein Gebäude aus der Jahrhundertwende, einst höchstwahrscheinlich im Baustil des Historismus erbaut worden, und es war unverständlich, daß man es nicht in seinem ursprünglichen Zustand erhalten hat. Es mußte also etwas Besonderes geschehen sein, das sein ehemaliges Aussehen zerstörte und es im Verborgenen, unentdeckt, langsam verfallen sollte. Wie mein Vater dieses Objekt überhaupt gefunden hatte, und warum er es seinerzeit kaufte, wurde für mich immer fragwürdiger.

Ich hatte daher beschlossen, die Pläne, die ich vom Anwalt erhalten hatte, nochmals genauer durchzuarbeiten, als ich beim Sichten der Unterlagen noch ein ungeöffnetes Kuvert fand, das mir offensichtlich entgangen war. Ich öffnete es neugierig. Doch darin befand sich nur ein kleiner, rosa Zettel mit vergilbtem Aufdruck: „Heim Wienerwald, Feichtenbach – Wäscherei", darunter eine Auflistung verschiedener Wäschestücke:

2 Kinderhemden,
4 Höschen,
2 Häubchen,
8 Stoffwindeln

und noch etwas, das ich nicht entziffern konnte; dann ganz unten eine Unterschrift: Hanna Bachler.

Was sollte der Wäschezettel zwischen den Bauplänen und Zeichnungen? Wahrscheinlich, meinte der Anwalt, sollte ich den ganzen Kram haben, mit dem er nichts anfangen konnte. Doch als ich den Zettel wendete, erkannte ich die Handschrift meines Vaters.

Es stand nur ein Wort darauf: Wo? Es war ganz sicher seine Handschrift, ich kannte sie genau und konnte sie nicht verwechseln.

Wo – was? stellte ich mir die Frage.

Was hatte Vater mit Kinderwäsche zu tun?

Soweit ich mich erinnern konnte, gab es keinen persönlichen Bezug zwischen ihm und Österreich. Ich war Deutsche, Vater war Deutscher und Mutter ebenso. Meine Familie lebte in Bremen. Mutter stammte aus einer alten Bankiersfamilie, und die Eltern meines Vaters waren alteingesessene Bremer Kaufleute.

Wäre ich am nächsten Tag nicht zu Sigmund auf den Geyer hinaufgegangen, sondern hätte den Zettel wieder in das Kuvert gesteckt und auf die Schrift meines Vaters einfach vergessen … das graue Kuvert wäre für immer bei Sigmund geblieben. Niemand hätte danach gefragt.

Doch ich ging hinauf auf den Geyer, erzählte ihm davon und fragte, ob er eine Hanna Bachler kenne.

So hatte meine Neugier nicht nur meine Gegenwart, sondern auch meine Zukunft verändert …

2. KAPITEL

Georg, 1916–1938

Auf dem Grundstück des Sanatoriums Wienerwald wurde 1915–1916 eine Kriegerheilstätte für verletzte Offiziere des 1. Weltkrieges errichtet. Erzherzog Salvator nahm die Eröffnung am 6. 7. 1916 vor ...

Das Sanatorium Wienerwald, eine international bekannte Lungenheilstätte, wurde von der SS im April 1938 beschlagnahmt, die beiden jüdischen Ärzte Dr. Baer und Dr. Kraus wurden enteignet.

– ◆ –

Als man mich endlich in das Haus hineingetragen hatte, waren meine Schmerzen bereits so unerträglich geworden, daß ich von meiner Umgebung kaum mehr etwas wahrnahm.

Ein sehr enges, wenig besiedeltes Tal zog an mir vorüber, während ich leise stöhnte und mir auf die Lippen biß, um nicht zu weinen. Um mich herum schien sich alles zu drehen, und vor meinen Augen tanzten weiße Lichter wie Sterne. Der Weg verschwand, es verschwanden die Tannen, das grüne Nadelwerk und der dunkle Streifen des Himmels über mir. Ich wünschte, ich könnte in eine Ohnmacht flüchten, doch mein Körper verweigerte sogar diese.

Während ich so dalag, die Augen fest geschlossen hielt und mir die Lippen vor Schmerzen blutig biß, kamen auch endlich langsam Tränen der Erleichterung. Ich lebte, ich war gerettet und ich war wieder zu Hause in meiner Heimat.

Plötzlich beugte sich eine Frau über mich, legte irgend etwas auf mein Gesicht, es fühlte sich kühl und weich an; laut rief sie nach einer Infusion; rundum waren eilige Schritte zu hören; dazwischen ein Stöhnen und ein Durcheinander von Stimmen … und dann vernahm ich wieder nichts mehr.

Als ich erwachte, lag ich in einem breiten Gang zwischen anderen Feldbetten. Von allen Seiten hörte man langgezogenes Stöhnen und Ächzen, und über allem lag der Geruch von blutigen Binden und lebend faulendem Menschenfleisch. Es war mir egal, wo ich war. Hauptsache, ich wurde versorgt und bekam endlich wieder zu essen. Ich konnte mich nicht erinnern, wann ich das letzte Mal eine ausreichende Mahlzeit zu mir genommen hatte. Die Lebensmittel waren knapp geworden in den letzten Tagen, die Deutschen waren auch nicht gerade mit ausreichender Nahrung versorgt gewesen, noch weniger war von den Bulgaren zu erwarten. Dieser verdammte Krieg …

Ich wollte nicht in den Balkankrieg, mein Vater war Tuchhändler in Wien, über Krieg wurde in der Familie nie gesprochen – und jetzt? Ich weiß nicht einmal, ob er von meiner Verwundung in Kenntnis gesetzt worden war. Nein, ich bin für den Krieg nicht geeignet, ich bin kein Kämpfer, ich bin der Sohn eines Tuchhändlers, oh Gott, wann werden diese Schmerzen endlich aufhören? Meine Gedanken begannen sich zu drehen. Ich griff nach den Fingern meiner linken Hand – gefühllos –, und auch mein rechter Unterschenkel war nicht mehr zu spüren.

Ich wollte schreien – Hilfe –, aber nichts davon kam über meine Lippen, nur ein schwacher unverständlicher Laut, ein Lallen.

Ich bin doch erst 24 Jahre alt und jetzt vielleicht ein Krüppel, sagte ich mir.

Seit Kriegsbeginn 1914 war ich kein einziges Mal zu Hause gewesen. Meine Familie fehlte mir so sehr, meine Schwester, Vater und die anderen. Mir war kalt, und ich fühlte mich einsam und verlassen. Dabei rollten immer mehr Verwundete an.

Krankenbetten wurden immer wieder hin und her geschoben, Schwestern liefen mit Verbandzeug herum, riefen sich Anweisungen zu, erhielten aber oft nur ein Achselzucken zurück, denn sie waren einfach viel zu wenige, und die Verwundeten viel zu viele.

Ich wurde in einen dunklen, muffigen Raum hineingeschoben, obwohl darin kein freier Platz mehr zu finden war. Hier wirst du jetzt sterben, dachte ich, schloß meine Augen und spürte, daß mein Körper endlich Mitleid mit mir bekam und mich in seine Ohnmacht entließ …

Als ich wieder erwachte, lag ich in einem sauberen Zimmer, in einem Bett mit richtigem Bettzeug, mit einem frischen Nachthemd bekleidet und hatte Durst, gierigen Durst. Außer mir war niemand im Zimmer. Ich versuchte, meinen Körper abzutasten, um wieder etwas Gefühl für ihn zu bekommen. Es ist alles da, schien es mir, nur die linke Hand war dick verbunden und gefühllos. Langsam versuchte ich, beide Beine zu bewegen, aber auch diese waren in dicke Bandagen verpackt und fühlten sich an wie zwei große dicke, gefühllose Klumpen. Ich war da; mein Körper war da; aber in welchem Zustand!

Die Zimmertüre öffnete sich, und eine junge Schwester kam herein. Ich wollte etwas sagen, fragen … aber da war noch immer keine Stimme. Mein Mund fühlte sich so klebrig und trocken an, daß ich dachte, die Zunge würde an meinem Gaumen kleben. Ich brauche Wasser, wollte ich rufen, doch noch immer kein Ton. Aber sie schien mich auch ohne Worte verstanden zu haben, denn sie nahm einen Krug von meinem Nachttisch und flößte mir ganz langsam eine Flüssigkeit in den Mund. Dann stellte sie den Krug wieder zurück und legte frisches Verbandzeug und sonstiges für mich Unerkennbares bereit. Vorsichtig begann sie, die Bandagen von meiner linken Hand zu lösen, und ich sah ihr zu, wie sie diese langsam aufrollte, ohne dabei meinen Arm zu fest zu berühren, so als wollte sie mir nicht zusätzliche Schmerzen verursachen. Aber ich spürte keine Schmerzen … Ich spürte gar nichts … Es war, als würde sie diesen Dienst an einer anderen Person durchführen und ich sah dabei zu …

Am nächsten Tag kam endlich der Arzt. Er habe bis jetzt ausschließlich Lungenkranke behandelt, sagte er, alles Personen von hohem Rang und Adel, aber jetzt fühle er sich verpflichtet, hier seinen Beitrag für Verwundete zu leisten. Die Kriegerheilstätte vom Roten Kreuz, in der ich mich jetzt befände, sei auf seinem Sanatoriumsgelände errichtet worden; er hätte kein Problem damit, auch die 60 Patienten hier mitzubetreuen, sagte er. Es hätte seinerzeit noch einen zweiten Arzt gegeben, aber diesen hätte man bereits am ersten Tag der Mobilmachung an die

Front einberufen … Üblicherweise würden hierher aber nur Offiziere geschickt, es sei ihm ein Rätsel, wieso ich beim letzten Transport dabeigewesen sei …

Es klang etwas hochnäsig, während er dies alles sagte und dabei langsam im Zimmer auf und ab ging, und ich schaute ihm angespannt dabei zu. Ich hatte das Gefühl, daß er mir eigentlich etwas ganz anderes sagen, dazu aber zuvor eine persönliche Verbindung herstellen wollte. Wahrscheinlich hatte er auch eine Reaktion von mir, ein paar Worte oder Fragen erwartet, die ich ihm jedoch nicht geben konnte, denn ich war noch immer gefangen in meiner Lautlosigkeit.

Dann plötzlich ohne Übergang sagte er:

„Wir mußten ihnen zwei Finger abnehmen und drei Zehen von jedem Fuß. Für Operationen sind wir hier herüben gar nicht eingerichtet, es war jedoch wichtig, die Sache schnell durchzuführen, um eine Sepsis zu vermeiden; es hätte auch schlimmer kommen können; im schlimmsten Fall hätten wir den Unterschenkel amputieren müssen, aber es ist noch alles gutgegangen. Sie werden wieder laufen können … irgendwie … man wird passendes Schuhwerk für Sie aussuchen … der nächste wartet schon … ich muß gehen.“ Und ehe ich noch versuchen konnte, eine Antwort zu formulieren, war er aus dem Zimmer gegangen.

Ich war also ein Krüppel geworden.

Doch wahrscheinlich mußte ich nicht mehr zurück an die Front, war mein erster Gedanke.

Vielleicht konnte ich sogar bald Kontakt mit meiner Familie aufnehmen und das Haus verlassen. Es wäre auch möglich, daß der Krieg in der Zwischenzeit beendet würde; ich meine Freiheit wieder hätte; und mein altes Leben wieder aufnehmen könnte. Darüber könne man schon den Verlust von je drei Zehen verschmerzen, und irgendwie würde ich im Alltag schon zurechtkommen. Hauptsache ich lebte, und alles war besser als Krieg, alles ist besser als wieder zurück an die Front, in den Kampf.

Am nächsten Tag hörte ich, wie sich zwei Schwestern leise unterhielten.

„Warum liegt der hier im Zimmer?"

„Es ist schon kein Platz mehr ... nicht einmal mehr auf dem Flur ..."

„Aber das ist doch das Offizierszimmer!"

„Anordnung vom Herrn Doktor, zertrümmerte Zehen und Finger ..."

„Hoffentlich bekommt er keinen Brand."

„Nur keinen Brand", sagte ich leise.

Mein Zimmer lag am Ende des Ganges, und die Fenster blickten nach Osten und Süden, sodaß die Sonne den ganzen Tag durch das Zimmer über mein Bett wanderte.

Es war sehr klein, mit weiß gekalkten Wänden, und außer den Schwestern, die zum Wechseln der Mullbinden in den Raum kamen und mir auch die Mahlzeiten brachten, bekam ich niemanden zu sehen. Ich hatte Zeit genug, über das Geschehene nachzudenken, und es war mir klar geworden, daß meine Eltern sicherlich einen gesunden Sohn zurück erwarteten. Schon in den letzten Briefen schrieb meine Mutter, daß sie sich nicht besonders fühle, weil sie von den anderen Brüdern nicht das geringste Lebenszeichen habe und sie schon sehr auf mich warte und hoffe.

Lange überlegte ich – dann beschloß ich, die Wahrheit zu verschweigen und nicht nach Hause zu schreiben.

In den nächsten Wochen verbesserte sich mein Gesundheitszustand schneller, sodaß ich mit Krücken und Fußbandagen das Haus verlassen konnte. Das Gehen mit fehlenden Zehen erwies sich jedoch als schwieriger, als ich dachte, und ich begriff plötzlich, welche ungeheuren, vielleicht unüberwindlichen Schwierigkeiten mich erwarteten. Meine Bewegungen waren unsicher und zaghaft. Ich stand eine Weile breitbeinig und um Gleichgewicht ringend da, um dann langsam hinaus auf die Wiese zu humpeln.

Wie schön doch meine Umgebung war! Vor mir lagen hügelige Wiesen, mit schmalen Wegen und Holzbänken, eingerahmt von einem dunkelgrünen Tannenwald wie aus einem Märchenbuch. Alles wirkte gepflegt wie ein herrschaftlicher Park. Es gelang mir, hinunter zu den serpentinenartig angelegten Wegen zu humpeln und mich auf eine Bank zu setzen. Jetzt genoß ich es, zum ersten Mal, die frische würzige Luft der Freiheit einzuatmen. Welch friedlicher Platz, dachte ich, schloß meine Augen und ließ die Stille auf mich wirken. Kein Laut außer Vogelgezwitscher war zu hören.

Von diesem Tag an schritt meine Genesung noch schneller voran, als von den Ärzten erwartet. Die großen Wunden waren zwar verheilt; doch ich hatte noch immer erhebliche Schwierigkeiten zu laufen. Die fehlenden Zehen verursachten einen wippenden Gang, sodaß es so aussah, als würde ich jeden Moment das Gleichgewicht verlieren und hinfallen. Die linke Hand, an der mir zwei Finger fehlten, war noch deformiert und unbrauchbar, und mein Gesicht durchzog eine lange Narbe von der Augenbraue bis zum Ohr hinunter, die ich erst jetzt entdeckt hatte.

Alle anderen Kriegsversehrten waren nach ihrer Genesung bereits wieder zurück an die Front oder zu ihren Familien gebracht worden. Von meiner Familie hatte sich niemand gemeldet, wurde mir gesagt, nur deshalb habe man mich noch da belassen. Daß ich ihnen nichts von meiner Verwundung geschrieben hatte, verschwieg ich.

Nach einiger Zeit gelang mir auch das Gehen wieder besser, und mit meiner Hand konnte ich bereits einfachere Tätigkeiten verrichten. So entwickelte ich eine eigene Geschicklichkeit dafür, mit drei Fingern Geschirr wegzuräumen und kleinere Dienste im Haus zu tun. Es wurde ja jede Hand gebraucht, denn Männer gab es keine im Haus. Alle waren entweder eingerückt zum Kampf oder organisatorischen Tätigkeiten beim Heer zugeteilt.

Die Schwestern teilten sich die Arbeit zwischen der Lungenheilstätte und der Kriegerheilstätte und hatten alle Hände voll zu tun. Sie waren für jede handwerkliche Unterstützung dankbar, und da ich nicht mehr in den Krieg zurück mußte, durfte ich weiterhin bleiben.

Es war Oktober 1920, man hatte mich als Hausgehilfen akzeptiert, da man nicht wußte, wohin man mit mir sollte.

In der ehemaligen Kriegerheilstätte waren inzwischen lungenkranke Frauen untergebracht, und auch im Haupthaus ging der Betrieb wieder ungestört weiter. Ich wollte aus dem ruhigen, abgeschiedenen Tal gar nicht mehr weg, so verliebt war ich in diese schöne Landschaft. Mein Leben hatte hier, fernab der Großstadt Wien, wieder einen neuen Sinn gefunden.

Die Leute im Tal – es waren nicht viele – waren einfach, aber herzlich und ehrlich. Hier hatte ich meine zweite Heimat gefunden, einen Platz, wo ich für den Rest meines Lebens bleiben wollte. Von der Betriebsamkeit der Außenwelt merkte man hier nichts, man war eingebettet in duftende Wiesen, weit weg jeden gesellschaftlichen Trubels und Unterhaltungen, und auch politisch blieben wir unberührt. Österreich war inzwischen Republik geworden, und es schien zunächst Ruhe im Land eingekehrt zu sein.

An einem kalten Nachmittag, ich war gerade in der Dampfwäscherei, wo ich versuchte, einen Kessel zu flikken, es war eiskalt – die Frauen hatten dringend Wäsche zu waschen –, da hörte ich die aufgeregten Schreie: „Feuer, Feuer …"

Aus dem Gebäude der ehemaligen Kriegerheilstätte quollen dichte graue, stinkende Rauchwolken. Ein paar Frauen liefen mir entgegen und winkten aufgeregt mit den Armen. So schnell ich konnte, humpelte ich den Hügel hinauf und versuchte zu helfen. An Löschwasser war jedoch nicht zu denken, es hatte minus zehn Grad, und alles war zugefroren. Bis die Feuerwehr aus dem nahe gelegenen Ort kam, war das ganze Gebäude bereits niedergebrannt. Von meiner Zuflucht – wie ich das Gebäude liebevoll nannte – blieb nicht mehr als ein Haufen verkohlter Holzteile.

Danach durfte ich ins Hauptgebäude ziehen.

Bisher war mir der Zutritt in das noble Haus immer verwehrt gewesen. Die Gärtnerei, das Maschinenhaus und die Wäscherei waren mein Zuständigkeitsbereich. Dort wurde ich von den noblen Gästen nicht gesehen und konnte meine Häßlichkeit ungestört zur Schau stellen. Die übrigen Angestellten hatten sich mittlerweile schon so an meinen Anblick gewöhnt, daß sie meine Deformierungen gar nicht mehr bemerkten.

Unter ihnen war ich einer der ihren, ein einfacher Arbeiter, und niemand wußte, daß ich aus begütertem Hause stammte. Ich hatte mich von allem befreit, von meiner Vergangenheit, von meiner Familie, und auch von meinen Wünschen für die Zukunft verabschiedet. Hier in diesem Haus hatte ich mir einen neuen Lebensweg geschaffen.

Ab und zu erhielt ich sogar Einladungen zu den Familien im Dorf, dies war immer eine willkommene Abwechslung.

Im Laufe der Zeit kamen wieder mehr Patienten, sie stammten fast alle aus dem Ausland, denn unser Haus hatte den besten Ruf auf dem Gebiet der Lungenheilkunde, und manche mußten lange warten, um bei uns aufgenommen zu werden. Die beiden Ärzte waren sehr streng. Alle Anordnungen mußten genauestens eingehalten werden, und auf peinlichste Sauberkeit wurde großen Wert gelegt.

Abends saß ich gelegentlich mit den anderen in der Küche und hörte dem Getratsche zu; daß der Aufenthalt im Sanatorium schon wieder teurer geworden sei – jetzt solle ein Aufenthaltstag gar schon 30 Kronen kosten –, daß manche Damen sich nicht wie Damen verhielten,

Sonderwünsche verlangten und sich bei ihren Forderungen eher benahmen wie Waschweiber und nur wegen ihres Geldes aufgenommen wurden. Ein wenig Neid konnte man daraus hören, daß es den Ärzten gelang, Reichtum anzuhäufen, während es der Bevölkerung zunehmend schlechter ging.

Ich vermied es, dazu etwas zu sagen, denn wenn mich die beiden jüdischen Ärzte seinerzeit nicht aufgenommen hätten – wohin hätte ich nach dem Krieg sollen? Die Arbeit füllte mich aus, war für mich auch nicht zu anstrengend, und mir gefiel dieses elegante Gebäude und die strenge Ruhe, die es ausstrahlte. Wenn ich Gelegenheit hatte, ins Haus zu kommen, begann ich meinen Rundgang stets im gepflegten, blumengeschmückten Foyer, um dann durch die seitliche, wendeltreppenartige Stiege, welche vornehmlich von den Ärzten verwendet wurde, das Hauptstiegenhaus zu betreten. So blieb ich meist unentdeckt und konnte auch schnell wieder hinunter in die Küche verschwinden, wo mein Vorhandensein erklärbar war.

Manchmal stand die Tür eines Patientenzimmers einen schmalen Spalt offen. Leise und neugierig ging ich – wenn es leer war – hinein. Die Zimmer waren sehr modern eingerichtet, mit zarten, weiß lackierten Möbeln, und ganz vorsichtig strich ich mit meinen Händen über die fein tapezierten Wände. Mir gefiel auch das glatte, durchmarmorierte Linoleum, weil es so pflegeleicht und hygienisch war. Hier konnte man sich als Patient schon wohlfühlen.

Mein Lieblingsplatz jedoch war die angebaute, halb offene Liegehalle. Sie war ganz aus Holz gebaut, und von dort hatte man eine traumhaft schöne Aussicht in den

Park. Jeden Tag wurden die Lungenkranken mit ihren Betten an die frische Luft gebracht und durften dort einige Stunden im Freien verbringen.

Man sagte, die beiden Ärzte seien seinerzeit eigens nach Davos in die Schweiz gereist, um diese Lungenheilstätte nach dem Vorbild eines dortigen Sanatoriums zu planen.

Die Patienten sollten das Gefühl haben, sie wären auf Sommerfrische hier und nicht in einer Krankenanstalt; dies würde ihre schnellere Genesung fördern, und die Ärzte schienen recht damit zu haben.

Ich empfand große Erfurcht für die beiden Ärzte und ihr medizinisches Wissen. Viele bekannte Wiener Spezialisten gingen bei uns ein und aus und vermittelten Patienten, wenn sie nicht mehr weiter wußten. So kamen ab und zu auch Nachrichten über die geänderten politischen Verhältnisse bis zu uns und verbreiteten Sorge unter der Bevölkerung.

Aber was wußte ich noch vom Leben? Draußen in der Welt, weit weg vom Sanatorium – das ja nur wenigen privilegierten Reichen zur Verfügung stand –, herrschten Arbeitslosigkeit und Hungersnot, während von der großen Weltwirtschaftskrise bei uns nichts zu spüren war.

Eines Tages – es gab große Aufregung im Haus – wurde ein Mann ins Sanatorium gebracht. Es war Bundeskanzler Ignaz Seipel. Er wurde vor Jahren bei einem Schußattentat an der Lunge verletzt, und sein Zustand hatte sich nach seiner letzten Reise nach Palästina noch mehr verschlechtert. Die Wiener Lungenspezialisten empfahlen ihm den Aufenthalt in unserem Sanatorium.

Sofort wurde das beste Zimmer für ihn hergerichtet und das Personal angewiesen, im Haus für vollständige Ruhe zu sorgen. Dies war jedoch sehr schwierig, da er jeden Tag Besuch bekam. In diesen Tagen gingen Persönlichkeiten bei uns ein und aus, die ich sonst wohl nie so nahe zu Gesicht bekommen hätte. In der Küche wurde nur das Feinste gekocht, denn Minister Dollfuß hatte sich angesagt. Er kam nicht allein, sondern brachte den Anwalt Dr. Schuschnigg mit. Bis spät in die Nacht hinein wurde hinter verschlossenen Türen lautstark diskutiert und manchmal auch geschrieen. Doch trotz der Bemühungen der Ärzte ging es dem Kanzler von Tag zu Tag schlechter, und es verging kein Tag, an dem nicht Dr. Dollfuß und Minister Dr. Schuschnigg ihn besuchten und in dieser Zeit das Haus in Unruhe versetzten. Die Bemühungen der Ärzte waren vergeblich: Nach nur einem Monat verstarb Dr. Seipel bei uns im Sanatorium Wienerwald.

Die beiden Ärzte bekam ich sehr selten zu Gesicht, über den Sommer wohnten sie gerne im nahen Gutenstein. Dort war gesellschaftlich mehr los, als bei uns im einsamen Tal, und ihre Frauen fühlten sich dort wohler. Mir war dies sehr angenehm. Ich konnte zuerst ungestört meine Arbeit tun, um dann meine regelmäßigen Rundgänge durch das ganze Haus vorzunehmen. Vom ebenerdigen Wintergarten hinauf in den ersten Stock ins Musikzimmer und in den Salon, dann bis hinauf zu den Räumen im vierten Stock, um dann über die seitliche Stiege im Untergeschoß zu enden. Es war, als wollte ich meinen Besitz überprüfen, so wohl fühlte ich mich in diesem Haus, und bald war mir jede kleinste Ecke so vertraut, als wäre es mein Besitz.

Mein Zimmer befand sich in einem Seitentrakt, klein aber gemütlich von mir hergerichtet. Ich benötigte auch nicht sehr viel mehr. Meine Welt war sehr bescheiden geworden, und meine kurze Freizeit verbrachte ich meist draußen im Wald bei den Holzfällern, teilte mit ihnen die Mahlzeit und beteiligte mich an ihren Gesprächen. Daß alles immer teurer werde, die Kinder keine Schuhe mehr hätten, es an allen Ecken und Enden an Kleidung fehlte, waren die Themen – aber auch, daß die Herren Doktoren immer sehr großzügig gewesen seien und zu Weihnachten sehr viel gespendet hätten. So bekam ich auch etwas von den Wohltaten zu hören, und das erfüllte mich mit Freude. Ich lebe an einem guten Ort, dachte ich. Hier wird nur Gutes getan, und daher wird nichts Böses geschehen.

Wie sehr ich mich doch irren sollte …

Inzwischen veränderte sich in Österreich wieder einmal die politische Landschaft.

Minister Dollfuß war nach Seipel Bundeskanzler geworden, und vom benachbarten Deutschland hatte eine neue politische Partei Österreich ergriffen. Es war die NSDAP. Unruhe verbreitete sich im Land. Dr. Dollfuß wurde ermordet, und Dr. Schuschnigg wurde sein Nachfolger.

Wir vom Sanatorium Wienerwald taten so, als gäbe es keine Heimwehr, keinen Mussolini und keine Vaterländische Front. Um unser Österreich und um unsere Unabhängigkeit machten wir uns keine Sorgen.

Täglich kamen immer wieder neue Nachrichten über Hitlers Mobilmachung, und auch die Gästezahl im Sanatorium begann sich laufend zu verringern. Die Menschen bekamen Angst, wollten plötzlich schnell nach Hause. Manchmal gab es so überstürztes Abreisen, daß sogar Gepäckstücke zurückgelassen wurden.

„Österreich schließt sich Hitler-Deutschland an, und wir werden ein Großreich", hieß es eines Tages. Ich tat weiterhin, als hätte ich Scheuklappen – wollte nicht, daß meine kleine Welt sich veränderte: Alles sollte so bleiben, wie es war, und so ging ich meiner Arbeit weiter nach, obwohl schon längst nicht mehr so viel zu tun war wie ehemals. Die Wagenremisen standen schon länger leer, da die hohen Herrschaften so schnell das Weite gesucht hatten, und es waren nur mehr jene Gäste im Hause, die aufgrund ihrer Krankheit nicht transportfähig waren oder noch auf ihre Abholung warteten.

Der Gemüsegarten drohte zu verwildern, und den Gemüsekeller hatte man ohnehin schon längst geplündert.

Ja – Nahrung war knapp geworden, und das stille Gespenst Angst ging um. Niemand wußte, wie es weitergehen sollte, und so holte man sich aus den Glashäusern noch die letzten Reste an Eßbarem, um die Familie noch satt zu bekommen.

Die Ärzte hielten sich jetzt sehr viel im Sanatorium auf, waren hektisch und nervös; es galt, die Familie sicher außer Landes zu bringen und das Vermögen zu retten.

Jude zu sein – wenn auch berühmt und Spezialist –, war jetzt ein Makel und gefährlich. Dr. Baer war es gelungen, seine beiden Töchter bei Freunden in Dänemark unterzubringen. Die Abreise wurde sehr kurzfristig entschieden. Das gesamte Personal war vor dem Gebäude versammelt. Wir übergaben kleine Geschenke zur Erinnerung und wünschten alles Gute. Dr. Baer drückte seine beiden Töchter, und ich konnte sehen, wie ihm dabei langsam Tränen über die Wangen liefen. Das war sehr ungewöhnlich, da er als introvertierter unzugänglicher Mensch galt und mit dem Personal kaum über Privates sprach. Sehr rasch ging er dann zurück ins Haus, ohne sich nochmals umzudrehen. Ihm war offensichtlich bewußt geworden, daß es bis zu einem Wiedersehen – wenn überhaupt – sehr lange dauern würde. Seine Frau stand noch lange in der ihr eigenen vornehm kühlen Haltung auf dem Vorplatz und winkte dem Wagen nach, bis er am Ende der Auffahrt verschwunden war. Wortlos gingen wir an unsere Arbeit, und in manchen Augen schien es, als ob deren Glanz verloschen wäre.

Es stellte sich später heraus, daß Dr. Baer seine Entscheidung zum richtigen Zeitpunkt getroffen hatte, denn mit dem Anschluß Österreichs am 13. März 1938 hatte sich das Leben nicht nur für ihn drastisch verändert – auch unsere kleine Welt sollte ihren Schicksalsschlag erleiden.

Meine Heimat Österreich wurde in „Ostmark“ umbenannt, und die deutschen Truppen marschierten in Wien ein. Was für entsetzliche Nachrichten, dachte ich. Von Freude über den Anschluß war bei mir nichts zu spüren. Angeblich hatten in Wien Hunderttausende dem Führer zugejubelt! Doch ich hatte schon einmal einen Krieg miterlebt, man hatte mir meine Jugend und meine Gesundheit gestohlen; für mich war es kein Grund zu jubeln gewesen. Ich war jetzt 46 Jahre alt, durchaus noch ein Alter, in welchem ein Mann wieder in den Krieg mußte, und ich hoffte sehr, daß ich in diesem abgeschiedenen Tal noch lange unentdeckt bleiben möge.

Auch wenn das Haus jetzt nahezu leer war – nur mehr die beiden Ärzte Dr. Kraus und Dr. Baer, sechs Patienten sowie Personal waren noch im Haus – tat ich meine Arbeit so wie immer.

Und eine Weile lief es auch gut für uns, bis zu dem Tag, als plötzlich die SS überfallsartig erschien.

Ich befand mich gerade in der Wäscherei, als es hieß, alle Personen müßten sich im Musikzimmer versammeln, die Gestapo und SS-Männer seien da. Schnell wusch ich meine Hände, kämmte mein Haar zurück und warf noch einen kurzen Blick in den Spiegel. Ein zerschrammtes vernarbtes Gesicht, mit noch immer jugendlich blitzenden, blauen Augen schaute mir entgegen, und die Jahre sah man mir nicht an. Mein Körper hatte sich in den letzten Jahren gefestigt, und nur wenn man genau hinsah, konnte man unter meinem ungewöhnlichen, zappeligen Gang ein Gebrechen vermuten.

Als ich ins Musikzimmer eintrat, waren bereits alle anderen Angestellten versammelt, und auch Dr. Baer stand dabei. Der zweite Arzt Dr. Kraus war nicht zu sehen.

„Der Dr. Kraus hat sich versteckt", flüsterte mir Martha – sie arbeitete in der Wäscherei – zu, und schob ihren Kopf noch ein wenig näher zu meinem Ohr.

„Bis jetzt haben sie ihn noch nicht finden können; die wollen ihn doch nicht umbringen, oder?"

„Ruhe!" schrie einer der SS-Männer und ging auf Dr. Baer zu.

„Durchsuchen Sie den Mann nach Waffen."

Der von der Gestapo griff die Kleidung von Dr. Baer ab und schüttelte den Kopf. Ich bemerkte, wie der Arzt zu zittern begann. Wir wußten ja alle, daß der Doktor durch die Kriegsereignisse nervlich ziemlich am Ende war. Jetzt stand er ganz zusammengesunken und apathisch vor uns und zeigte keine Reaktion.

„Hat jemand gegen diesen Mann etwas vorzubringen?" fragte mit scharfer Stimme wieder der SS-Mann. Niemand sagte ein Wort.

„Gut, bringt ihn hinaus. Wer bleiben will, kann bleiben, wer nicht, hat binnen 24 Stunden das Haus zu verlassen." Alles blieb still.

„Habt ihr das verstanden?" bellte er.

„Wer bleibt, meldet sich im Büro, und wird dann zur weiteren Arbeit eingeteilt."

Plötzlich gab es einen Tumult im Stiegenhaus, aufgeregte Stimmen waren zu hören, Frauen weinten, und als wir den Musiksalon verließen, hörten wir, daß Dr. Kraus versucht hatte, sich das Leben zu nehmen. Am nächsten Tag war auch Dr. Baer weg. Angeblich, so erzählte man später, habe man ihn nach Wien ins Landesgericht gebracht.

Ich ging nachdenklich in mein Quartier zurück, Richtung Seitentrakt, als mir ein Mann in SS-Uniform entgegenkam.

„Stehenbleiben!" rief er mir zu.

Ich gehorchte sofort. Langsam ging er, mich von oben bis unten genau musternd, um mich herum.

„Haben Sie was am Bein?"

„Ja, eine Kriegsverletzung", antwortete ich.

„Krüppel geblieben oder Dienstverweigerer?" „Dauerverletzung", antwortete ich, denn ich sah mich nicht mehr als Krüppel. Er blieb vor mir stehen.

„Arisch?" kam es plötzlich, und er sah mir dabei fest in die Augen. Offensichtlich glaubte er, dabei feststellen zu können, ob ich lüge oder nicht. Ein knappes „Ja" von mir schien ihm zu genügen, oder es waren meine blauen Augen, die mich letztendlich von dieser quälenden Fragerei befreiten. Jedenfalls ging er ohne ein weiteres Wort davon, und ich war froh, das Stampfen seiner Stiefel, nur mehr leiser werdend, zu hören.

In meinem Zimmer angekommen, setzte ich mich auf das Bett und verbarg mein Gesicht in meine beiden Hände, so als könnte ich die Welt um mich herum unsichtbar machen, und dann – es war jetzt nicht mehr aufzuhalten – rannen auch mir warme Tränen über das Gesicht. Ich schluchzte und wiegte meinen Körper hin und her wie ein kleines Kind. Es dauerte geraume Zeit, bis ich mich wieder beruhigt hatte, und ich beschloß, mich jener Gruppe anzuschließen, die hier in Feichtenbach bleiben wollte.

Wohin sonst sollte ich auch gehen?

Hier war mein zu Hause! Wenn ich mich anständig und fleißig verhielte, würde mich auch die SS in Ruhe lassen. Völlig unklar war mir allerdings, was mit diesem Haus geschehen sollte. Wenn keine Ärzte mehr da sind und keine Patienten – wozu braucht man dann noch Personal?

Als ich am nächsten Tag meldete, daß ich bleiben möchte, vermutete ich, der einzige zu sein. Das ganze Haus schien vom Personal verlassen, und auch die letzten Patienten waren bereits weggebracht worden.

Ich meldete mich im Büro und erwartete weitere Anweisungen darüber, wie es mit mir weitergehen sollte. Vor mir stand ein Mann in SS-Uniform.

„Hier wird sich alles verändern. Wir werden aus diesem jüdischen Kasten jetzt etwas Sinnvolles machen ...“ Schweigen ...

„Es wird hier ein Mütterheim eingerichtet. Eines haben wir schon in München, und hier in der Ostmark brauchen wir auch eines. Die Männer sind im Krieg, und die Frauen sollen einen ruhigen sicheren Platz für sich und die Kinder haben.“

Ich hörte wortlos zu, während er ständig im Zimmer auf und ab schritt, und die Stiefelabsätze auf unserem Linoleum bei jeder Umdrehung quietschten.

„Wie heißen Sie überhaupt?“ fragte er.

„Georg Meier“, antwortete ich.

„Meier – Sie kennen sich hier aus, kennen die Gepflogenheiten im Ort und in der Umgebung. Sie werden hier die Aufsicht übernehmen, den Leuten an die Hand gehen und auch den Fortgang der Arbeiten überwachen. Machen Sie ihre Sache ordentlich, dann kommen wir gut miteinander aus, haben Sie verstanden? Und antworten Sie nicht mit ja, sondern mit jawohl ...!“

„Jawohl!“ sagte ich.

„Und künftig sprechen Sie mich mit Obersturmführer an, ich heiße Braun …“ Er setzte sich.

„Sie können jetzt abtreten!“

Ich verließ das Büro so schnell ich konnte. In meinem Zimmer überlegte ich: Natürlich würde ich mich auch in diese Situation einfügen. Mit meinen verkrüppelten Beinen konnte ich weder schnell laufen, noch länger stehen, war daher für einen Kriegseinsatz nicht tauglich und mußte froh sein, im Haus weiterbeschäftigt zu werden. Hauptsache, ich konnte hier in meinem Feichtenbachtal bleiben, alles andere würde sich schon richten lassen. Man mußte sich eben arrangieren, und ein Kinderheim für ledige Mütter zu errichten, schien mir keine schlechte Tat zu sein. Wahrscheinlich waren die Deutschen, die Nazis und die SS gar keine so schlechten Menschen, und das, was ich hier erlebte, einfach die Fügung eines unglücklichen Zufalls. Was interessierten mich Hitler, Mussolini und die anderen … Ich humpelte über den Weg die Serpentinen hinunter, zurück ins Maschinenhaus, um dort nach dem Rechten zu sehen, und auch weil ich allein sein wollte, um in Ruhe über mein weiteres Verhalten nachzudenken. Zu meiner Überraschung fand ich in der Wäscherei Martha – eines der Hausmädchen. Auch sie hatte sich entschlossen zu bleiben.

„Hier bekommen wir wenigstens zu essen und haben ein Dach über dem Kopf“, sagte sie.

„Ich wüßte auch nicht, wo ich hin sollte, ich habe ja niemanden mehr.“

Zwei einsame Menschen hatten sich gefunden.

Bereits in den nächsten Tagen wurde mit dem Umbau begonnen. Zunächst wurden die schönen, alten Möbel entfernt und durch einfachere ersetzt. Die wertvollen alten Bilder und die eleganten Lampen wurden ebenso abtransportiert, wie alle Dinge aus dem Privatbesitz der beiden Ärzte. Es war offensichtlich, daß man sich an den verbliebenen Werten der Ärzte bereicherte, auch wenn es jüdisches Eigentum war. Doch es war niemand da, der dies verhindern hätte können. Man wollte zwar die Juden nicht, was jedoch niemanden hinderte, sich mit deren Kunstschätzen zu schmücken.

In den nächsten Wochen wurde damit begonnen, die halboffene Liegehalle zuzumauern und ein weiteres Stockwerk daraufzusetzen. Dieser Zubau war für die Kinderkrippe und den Kindergarten vorgesehen.

Die Arbeiten schritten sehr schnell voran. Täglich kamen neue Anweisungen, und ich hatte alle Hände voll zu tun, alles zu überwachen und die Baufortschritte dem Obersturmführer zu rapportieren.

Als man das Innere des Hauses endlich seiner Seele beraubt hatte, machte man sich an die Außenfassade. Zunächst wurden die Balkone vereinfacht und die Fensterrahmen erneuert.

Eines Tages, als ich wieder zum Haus hinaufkam, sah ich, daß man zwei Fahnenstangen aufgestellt hatte, und darauf wehte, weithin sichtbar, die SS-Fahne. Im ganzen Haus waren bereits Bilder des Führers aufgehängt, und an diesem Tag begann man auch, die Holztürme, welche das Dach zierten, abzumontieren. Jetzt ist es vorbei mit dem Sanatorium Wienerwald – dachte ich mir.

Neben mir stand Braun und beobachtete mich.

„Wissen Sie, wir brauchen so nen Firlefanz nicht für unsere Zwecke", sagte der Obersturmführer zu mir, doch ich erinnerte mich, wie der „jüdischen Firlefanz" unter den Offizieren aufgeteilt worden war.

„Klare Linien, das sind wir Deutschen so gewohnt. Alles soll zweckmäßig sein und dem Führer dienen."

Ich konnte zwar nicht den Zusammenhang zwischen dem Führer und einem Baustil erkennen, aber ich wollte nicht zu viel fragen. Je weniger man in dieser Zeit wußte, desto weniger konnte man darüber reden. Wer nichts zu erzählen hatte, war auch für gewisse Herrschaften nicht interessant. Das war die Erfahrung, die ich in den letzten Jahren gemacht hatte.

In der Nacht, wenn es im Haus bereits ruhig geworden war, und die Arbeiter das Hämmern und Klopfen eingestellt hatten, umrundete ich das Haus, lehnte mich an die Außenmauer – so als könnte ich mit dem Gebäude Kontakt aufnehmen – und lauschte dem Wind, der ums Haus zog.

Ich brauchte Abstand von den Eindrücken der letzten Wochen, die ich zu verarbeiten hatte. Dabei ließ ich mein vergangenes Leben wie in einem Film ablaufen. Meine Jugend, die ich nicht genießen hatte können, da man mich so schnell zum Militär eingezogen hatte; meine Verletzungen und die dadurch entstandene Verkrüppelung; das Leben im Sanatorium mit den jüdischen Ärzten und den feinen Patienten; die politischen Veränderungen in Österreich, von denen hier im Tal kaum etwas zu hören und zu spüren war; die Besuche hochrangiger Politiker; und jetzt der Einmarsch der Nazis und die Übernahme des Sanatoriums durch die SS.

Mittlerweile war ich im besten Mannesalter – und doch hatte ich noch nicht gelebt, hatte noch nichts erfahren außer Krieg und die Einsamkeit und Stille des Tales – wie würde es nun weitergehen?

Mit Martha hatte sich so was wie eine Liebesbeziehung entwickelt. Ich bin in Liebesdingen nicht sehr erfahren, und Martha war eine lebenslustige, erfahrene Frau, mit der man viel Spaß haben konnte. Sie hatte auch mit der SS keine Probleme, da sie dem Typ „deutsches, reinrassiges Mädel" entsprach. So konnte sie viele Vorteile erwirken, an denen sie mich teilhaben ließ.

Aus meinem geliebten Sanatorium war ein einfacheres, zweckmäßig umgebautes Haus geworden, dessen ursprünglicher Wienerwaldstil noch schwach erkennbar war. Vom noblen Charakter des Hauses war nichts übriggeblieben, so als wollte man den Wienerwaldstil als „Judenstil" bewerten, und daran sollte nichts mehr erinnern. Mit den Deutschen hatte ich mich bestens arrangiert, und Österreicher waren so gut wie nicht vorhanden. In der Zwischenzeit hatte man mich als fleißigen und verläßlichen Bediensteten anerkannt und ließ mich in Ruhe mit NS-Propaganda. Es war wichtig, zur richtigen Zeit den Arm nach vorne zu strecken und beim Horst-Wessel-Lied freundlich zu lächeln, und obwohl mich das andauernde „Heil Hitler" zuweilen ziemlich nervte, ist es mir mit der Zeit in Fleisch und Blut übergegangen.

In dieser Zeit hielt ich auch sehr wenig Kontakt zu den Leuten im Ort. Diese innere Abwehr kam wahrscheinlich aus dem Gefühl heraus, daß ich die Dinge wieder einmal so sah, wie sie für mich am angenehmsten waren. Ich wurde still und blieb still.

So vergingen Monate, aber nach einiger Zeit hielt ich es oben nicht mehr aus, und es zog mich wieder hinunter zu meinen alten Freunden. Es war schwer, ihre Zurückhaltung zu überwinden, und nur eine ehrliche Entschuldigung meinerseits konnte die alten Freundschaften wieder aufleben lassen.

So erfuhr ich auch Näheres darüber, was mit den beiden jüdischen Ärzten geschehen war. Angeblich hatte man an Dr. Baer nur einen ganz geringen Betrag für das Sanatorium gezahlt, nachdem er eine Verzichtserklärung unterzeichnen mußte. Man sprach von ca. 6000 Reichsmark – ein lächerlicher Betrag für dieses wunderschöne Haus und 35 ha Grund dazu. Nach Prag soll er gebracht worden sein, so wurde kolportiert. Den Dr. Kraus habe man nach Wiener Neustadt gebracht, er sei schwer verletzt gewesen, jedoch nicht tot. Andere wieder glaubten, gehört zu haben, daß er in Wiener Neustadt eines nicht natürlichen Todes gestorben sei, Genaueres wisse man aber nicht.

Jeden Tag kamen neue Hiobsbotschaften zu uns ins Tal herein, von deportierten Juden und Enteignungen wurde gesprochen. Juden durften keine Lebensmittel kaufen und anderes nur nachmittags. Manch einer wußte zu erzählen, daß die SS bei der Judenfrage für eine „Lösung" zu sorgen hätte. Ziel sei es, Juden von der Gesellschaft völlig auszuschließen. Viele – die ihre Möglichkeiten und Verbindungen nutzen konnten – versuchten daher, außer Landes zu kommen, auch wenn sie ihr gesamtes Vermögen zurücklassen mußten.

Die Frau von Dr. Baer sei eine davon gewesen. Sie habe das Land noch rechtzeitig verlassen und zu ihren Töchtern nach Dänemark flüchten können.

Die unglaublichen Geschichten über die SS und Gestapo ... irgendwann wollte ich nichts mehr davon hören, flüchtete nach getaner Arbeit hinauf in mein Zimmer und verschloß mich wieder jedem weiteren Kontakt.

Mit SS-Obersturmführer Braun kam ich gut zurecht. Da ich allen Anweisungen blind gehorchte, ließ er mich in Ruhe, und ich versuchte, ihm darüber hinaus so wenig wie möglich zu begegnen.

So waren weitere sechs Monate vergangen, das Haus war fast fertig umgebaut, als mich Braun zu sich rief.

„Nächste Woche wird erstes Personal aus München kommen“, sagte er, „da das Haus in München überfüllt ist, werden hier bald die ersten werdenden Mütter einziehen. Sorgen Sie dafür, daß alles klappt.“ Nach einer kurzen Pause setzte er noch hinzu: „So wie immer, Meier“, dann noch etwas leiser: „Ordentliche Leistung haben Sie gebracht, bin zufrieden“, und damit war ich entlassen ...

Bereits in den folgenden Tagen wurde im Foyer der Empfang für die ersten Ankömmlinge vorbereitet.

In der Mitte wurden ein Bild des Führers aufgehängt, rechts und links davon eine Fahne mit dem Hakenkreuz und darunter ein kleiner Blumentopf mit Edelweiß –

Hitlers Lieblingsblume. Schnittblumen durften im Haus nirgendwo aufgestellt werden, denn der Führer haßte „tote Blumen", wurde mir gesagt. Binnen weniger Tage war dann das Haus wieder gefüllt mit Leben. Der Verwalter und die Hebammen und Schwestern reisten aus München an, ein Arzt kam aus der Steiermark und auch aus Wien kam zusätzliches Hauspersonal. Die Schwangeren kamen von überall her: aus Deutschland – manche sogar aus dem fernen Bremen – und aus Österreich.

3. KAPITEL

Hanna, 1938–1945

Das Sanatorium Wienerwald hieß jetzt: „SS-Mütterheim Wienerwald".

Es wurde vom Verein „Lebensborn e.V. (gegründet 1935 in München) genützt. Sinn war es, ledigen Müttern die Möglichkeit zu geben, ihre Kinder in Ruhe auf die Welt zu bringen, und so Abtreibungen zu verhindern. Hintergründliches Ziel war jedoch, die „Mehrung und Erhaltung germanischen, reinrassigen Blutes" – zu deutsch: dem Führer ein Kind zu schenken. (Lilienthal S. 245–247).

– ◆ –

Der Entschluß, alles niederzuschreiben, kam mir bald, nachdem Hanna mich verlassen hatte. Ich wollte die Geschichte des Hauses, in dem ich so viele schöne und zuletzt häßliche Jahre verbracht hatte, festhalten, und ich wollte die Geschichte eines Feiglings, der nicht um sein Glück kämpfte – meine Geschichte – loswerden.

Angst hatte mein ganzes Leben begleitet, und ich wußte keine andere Lösung, als darüber zu schreiben. Meine Lebensgeschichte ist eine Geschichte aus der Vergangenheit für die Zukunft.

Völker werden sich immer wieder vermischen, die Menschen immer wieder Kriege führen, und die Kinder immer wieder darunter leiden.

Das wertvollste Gut eines Menschen ist seine „Menschlichkeit". Wie wollen wir unseren Kindern Menschlichkeit vermitteln, wenn wir Andersartigkeit nicht akzeptieren?

Ich habe stillgeschwiegen und so getan, als wäre um mich herum heile Welt. So bin ich zum Mitläufer der Masse geworden und habe alles verloren.

Es war Spätherbst, als wieder neue, schwangere Frauen ankamen. Manche waren ledig und ungewollt schwanger geworden, andere wiederum waren verheiratet und erwarteten ihr Kind von hochrangigen Offizieren.

Neues Personal kam aus München, denn dort gab es bereits ein Heim dieser Art, und man hatte Erfahrung mit Wöchnerinnen und Säuglingen. Auch ein neuer Arzt kam: aus Oberösterreich. Ich bekam ihn nicht oft zu sehen; angeblich war er auch der Heimleiter, aber als Mediziner sehr umstritten. Es wurde sogar behauptet, daß er gar kein richtiger Arzt, sondern bloß Dentist sei.

„Völlig unverständlich, wie man einen Dentisten hier einsetzen kann; die Frauen wirken ohnehin schon so verängstigt. Wahrscheinlich wird bald Unruhe ausbrechen; wer weiß, was da noch alles auf uns zukommt?" tuschelte das Personal untereinander, und in mir kam wieder die Erinnerung hoch an den feinen, vornehmen Stil, mit welchem die beiden jüdischen Ärzte das Haus geführt hatten, und wie angenehm ruhig alles abgelaufen war. Kein lautes Wort war je zu hören gewesen, alles war leise vonstatten gegangen und hatte seinen geregelten Tagesablauf gehabt. Nicht einmal wenn eine Operation notwendig gewesen war, war Hektik aufgekommen. Man hatte nur vermehrte Betriebsamkeit im Hause gemerkt, die aber die Ruhe der übrigen Patienten nicht gestört hatte.

Jetzt war alles anders.

Frauen unterschiedlichen Niveaus füllten das Haus, und es gab untereinander oft Streit. Manch eine dachte, etwas Besseres zu sein als die andere; andere weinten oft oder waren still in sich zurückgezogen. Man munkelte, daß manche Mädchen gar nicht freiwillig hierher gekommen seien. Die Frauen, die man hierher brachte, waren oft weit weg von ihrer Heimat, einige kamen gar aus dem Osten Deutschlands. Sie alle hatten Sehnsucht nach ihrer Familie und fühlten sich in diesem Heim, das einsam, vom Tannenwald eingesäumt, trotzig dastand, isoliert. Sie waren es nicht gewöhnt, daß, wenn man aus dem Haus ging, man nirgendwo hinging – weil nichts herum da war außer Wald und Wiesen.

Dem Haus gegenüber, wo das Tal wieder anstieg, war eine steile Felswand zu sehen; dort ging es hinauf auf den Geyerhof. Doch soweit kamen die Frauen nie, denn die ungewohnte Berghöhe machte ihnen Angst, und so blieben sie lieber in der Nähe des Heimes, und die Schönheit unserer Umgebung blieb ihnen unentdeckt.

Es gab aber auch Tage – vor allem wenn höherrangige SS-Offiziere im Hause waren –, wo es besonders laut und ausgelassen zuging. Da war es den SS-Herrschaften nicht immer angenehm, jemanden wie mich durchs Haus humpeln zu sehen.

Ich wurde daher eines Tages wieder einmal ins Büro gerufen. Diesmal durfte ich mich sogar setzen. Es war nicht Obersturmführer Braun, der mich diesmal kommen ließ, sondern ein anderer.

„Wir müssen Sie leider wo anders unterbringen, Meier", sagte er. „ Hier im Haus wird es ziemlich eng, und wir brauchen wirklich jeden Platz, der uns zur Verfügung steht."

Ich wartete, sagte nichts.

„Sie können in das Haus neben der Wäscherei ziehen, dort ist es auch etwas ruhiger und heller für Sie. Betrachten Sie es als Beförderung … sozusagen …", dazu stieß er ein kurzes Lachen, aus und ich konnte aus dem Augenwinkel jenen ironisch grausamen Zug um seinen Mund erkennen, welchen ich in den folgenden Jahren noch öfter zu sehen bekommen würde.

Am nächsten Tag nahm ich meine Sachen und zog ins Haus neben der Wäscherei. Auch Martha wohnte hier, und so gesehen war diese Entscheidung für mich gar nicht so ungünstig ausgefallen, denn wir konnten unsere frühere Liebesbeziehung wieder aufnehmen. Mit dem übrigen Personal hatten wir „Ostmärkler" ja keinen Kontakt.

Sobald wir dienstfrei hatten, trafen wir uns entweder in ihrem oder meinem Zimmer – manchmal auch in der Wäscherei. Ausgehungert und gierig fielen wir dann übereinander her. Ihr Körper erregte mich, und ich konnte nicht genug davon kriegen, sie überall zu küssen und zu berühren. Ihr Hals war glatt und faltenlos, ihre Arme und Schenkel waren kräftig, und das Verlangen nach einander war heftig und intensiv. Unsere, zunächst schamhaft begonnenen Liebesspiele wurden mit der Zeit immer hemmungsloser und freizügiger, und wir liebten uns, bis wir erschöpft und ausgepumpt waren. Es war keine Liebe, die uns verband, sondern pure Erotik und Begierde. Ich konnte mir nie vorstellen, mit Martha verheiratet zu sein oder gar Kinder mit ihr zeugen zu wollen. Überhaupt war sie mir als Mensch ziemlich fremd geblieben. Es waren die Einsamkeit und der Wunsch, das im Haus Gesehene zu vergessen, die mich zu ihr trieben.

Ihren Körper wußte sie geschickt zu biegen und zu zeigen, was lockte, sodaß ich völlig außer Kontrolle geriet und stets auf die nächste Gelegenheit lauerte, sie an mich zu pressen und zu küssen.

Manchmal kam es sogar vor, daß ich Martha unter dem Vorwand, ihr etwas im Maschinenraum oder Glashaus zeigen zu müssen, dorthin lockte, um dann in wilder Gier über sie herzufallen. Sie reizte mich sehr geschickt, indem sie sich dabei tief über einen Waschkessel beugte, während ich so tat, als würde ich den Abfluß reinigen, bis ich ihre Brust bis zu ihrem zartbraun getönten Knospenansatz sehen konnte. Oder sie bückte sich nach einem gefallenen Kleidungsstück und verdrehte dabei ihre Hüften, bis der Rock so weit nach oben rutschte, daß ich ihr Höschen sehen mußte. Für sie war ich kein Krüppel – für sie war ich der kräftige starke Mann, der sie so ausdauernd liebte, bis sie vor Erschöpfung zitterte und dennoch noch immer nicht genug von meiner Hände Zärtlichkeit bekommen konnte. Für Martha gab es keine Tabus.

Unser unmoralisches Verhalten verlief parallel mit dem ungezügelten Leben im Heim.

„Wie oben – so auch unten."

Oft hörte man die Offiziere laut lachen und singen, Frauen kichernd und quietschend ins Freie laufen, und Musik drang bis zu unserem Gesindehaus herunter. Obwohl es verboten war, daß Männer über Nacht blieben, kamen gelegentlich am Morgen Fahrzeuge die Auffahrt herunter; darin saßen dann zwei oder drei Männer, meist in SS-Uniform, und die Frauen winkten ihnen von den Balkonen nach.

In der Zwischenzeit waren fast alle unsere Männer aus dem Feichtenbachtal und der Umgebung einberufen worden. Auf mich hatte man wegen meines Gebrechens verzichtet. Vermutlich waren aber auch die Heimleitung und der Arzt dafür, noch einen zusätzlichen Mann im Hause zu haben.

Über das, was im Heim geschah, wurde nie gesprochen. Die SS-Leitung ordnete strikte Geheimhaltung an. Je länger der Krieg dauerte, desto mehr Frauen, vorwiegend Deutsche, kamen ins Heim, um hier ihre Kinder zu gebären. Die Mütter wurden gut versorgt, und die Kinder waren in der Säuglingsstation gut untergebracht. Es kam schon manchmal ein beklemmendes Gefühl auf, wenn man hörte, daß eine Mutter wieder nach Deutschland zurückkehrte, den Säugling jedoch hier im Heim zurückließ. An manchen Tagen hatten wir mehr Kinder und Säuglinge im Heim als Mütter, und kurze Zeit später waren auch die Kinder weggebracht. Wohin, wußte niemand. Man sagte, daß sie in ein anderes Heim, näher zu den Müttern, verlegt wurden – aber ob das die Wahrheit war?

Ein anderes Mal hieß es, daß die Mütter die Kinder nicht mehr haben wollten und diese zur Adoption freigaben, meist an Familien hochrangiger SS-Offiziere. Entscheidend für ihre Adoption war, daß sie den *äußerlichen* Anforderungen entsprachen, denn um ihr Seelenheil kümmerte man sich nicht.

Gestern erst sah ich wieder eine junge blonde Frau auf der Bank vor dem Haus sitzen; sie weinte bitterlich, während sie mit dem Arzt und einer Kinderschwester sprach. Ich wollte sie ansprechen, doch dann hatte ich mich feige zurückgezogen in meine – es geht mich gar nichts an – Welt und so getan, als würde ich den Weg kehren.

Eines Tages war auch Martha nicht mehr da.

Ich wußte nicht, ob sie freiwillig weggegangen oder weggebracht worden war. Es hieß, daß jemand von der Gestapo dagewesen sei. Es habe lautstarke Diskussionen gegeben, und dann hätte Martha ihren Mantel genommen und sei mit dem Mann ins Auto gestiegen und weggefahren. Sie hatte nichts von ihren Sachen mitgenommen, aber sie ist auch nie mehr wieder zurückgekehrt. Fragen: Wieso? Warum? Wohin? waren in dieser Zeit zwecklos. Denn wer viel wissen wollte, kam in Verdacht, und wer unter Verdacht war, mußte weg. So war diese Zeit, und ich wurde ihr stummer Diener.

An dieser Stelle muß ich mir vieles von der Seele schreiben.

Wir waren keine „Menschenzuchtanstalt", wie verdächtigt wurde – hierher kamen auch viele Mütter, die ungewollt schwanger geworden waren, und die Angst vor einer ledigen Mutterschaft hatten. Sie kamen voll Angst und wußten nicht, wie es weitergehen sollte. Doch bei uns hatten sie einen Platz gefunden, wo sie viele Monate bleiben durften. Nur arisches Aussehen mußten die Kinder haben. Wenn ich heute zurückdenke, frage ich mich, wohin der kleine Junge mit der Hasenscharte von einem Tag zum anderen verschwand, und was mit seiner Mutter geschah, die – ich habe es selbst gesehen – weinend in der Nacht aus dem Haus gebracht wurde?

Aber es kam noch schlimmer.

Eines Tages wurde ich in den ehemaligen Operationssaal gerufen. Dort erwartete mich SS-Oberscharführer Schmidt. Er mochte mich nicht, und ich mochte ihn auch nicht. Es war dieser grausame Zug um den Mund, seine laute Stimme, und daß er mich aus dem Haus vertrieben hatte, was ich an ihm verabscheute. Er deutete auf eine Sanitätsliege, auf der ein graues Stoffbündel lag. Es handelte sich um eine jener Decken, die wir zum Transport alter Möbelstücke verwendeten, und ich glaubte zunächst, daß ich vergessen hatte, etwas zu entsorgen, doch dann sah ich mit Entsetzen, daß darin ein kleiner Kinderkörper verborgen war. Ich ging einen Schritt zurück, als Schmidt mit scharfer Stimme sagte: „Schauen Sie ruhig genauer hin, Meier, Sie haben schon richtig gesehen. Dieses Kind war ein Mißgeschick der Natur. Es wurde tot geboren. Die Natur, lieber Meier, macht von sich aus eine natürliche Auslese. Er wäre ein kleiner Krüppel gewesen, unbrauchbar und zu nichts nütze. Sehen sie seine linken Finger." Ich starrte wie hypnotisiert auf das Bett, unfähig, auch nur ein Detail genau zu erkennen, so geschockt war ich.

„Zwei davon sind zusammengewachsen, und die anderen haben dazwischen Schwimmhäute wie bei einem Frosch. Sie sind doch auch meiner Meinung, daß dieses Etwas keine Überlebensberechtigung gehabt hätte?"

Seine Augen fixierten meine und stierten eine Weile in mein Gesicht, um eine Regung darin wahrzunehmen.

Ich spürte, wie sich Schweißtropfen auf meiner Stirn ausbreiteten und dachte daran, daß meinen Füßen Zehen und an meinen Händen zwei Finger fehlten. Hatte er vergessen, daß ich auch ein Krüppel bin? Doch dann beruhigte ich mich wieder; ich war ja ein Kriegsverletzter und daher in seinen Augen berechtigt zu leben.

„Wir machen da jetzt kein Aufsehen, haben Sie mich verstanden? Die Mutter wollte das Kind nicht sehen, und wir machen kurzen Prozeß. Nehmen Sie es und graben Sie es irgendwo auf dem Gelände ein; aber warten Sie damit, bis es dunkel ist."

Ich glaubte, nicht richtig gehört zu haben, und war unfähig, etwas zu sagen. Wie in Trance nahm ich das Kind. Gleich hinter dem Haus legte ich es hinter einen Holzstoß, um es am Abend zu vergraben. Der Tag verging langsam, und immer wieder mußte ich an das kleine Bündel denken, das da oben hinter dem Holzstoß lag. Wer war seine Mutter? Ich konnte nicht glauben, daß eine Frau ihr Neugeborenes einfach weggab, ohne den Wunsch, es richtig zu beerdigen. Es war schon ziemlich spät und dunkel, das Blut pochte wie wild in meinem Kopf, als ich hinauf zum Hügel hinter dem Haus ging. Der Abendnebel legte sich wie feuchte Spinnweben auf die graue Decke neben mir und brachte eine leichte Brise vom Hügel gegenüber. Fast eine Stunde blieb ich neben dem kleinen Körper sitzen und dachte nach.

Was war mit mir geschehen? War ich schon so hart geworden, so gefühllos, daß ich nicht einmal mehr Tränen und Trauer aufbringen konnte? Hatten meine Umgebung und die Gehirnwäsche der SS bei mir schon Früchte getragen? Wieso fühlte ich mich nicht schuldig?

Entschlossen packte ich den Schaufelstiel und begann zu graben. Der Boden war hart und steinig, und mein Haar schweißnaß, als ich endlich in dem harten Wiesenboden eine Grube ausgehoben hatte. Ich legte den kleinen Leichnam hinein und schüttete ihn mit Erde zu. Dann schichtete ich die umliegenden Grasbüschel darauf, drückte sie fest und legte oben ein paar Scheite vom Holzstoß darauf. Ich ging hinunter, ohne mich nochmals umzudrehen, denn ich hatte entsetzliche Angst, daß ich doch noch anfangen könnte zu weinen.

Damals verlor ich den Glauben an mich selbst, und ich wußte nicht, was ich dagegen tun sollte. Die Furcht, mein Leben selbst in die Hand zu nehmen und meine Bequemlichkeit aufzugeben, war größer als mein moralisches Gewissen. Das alles fraß an mir und zerriß mich innerlich.

Und dann kam Hanna …

Manchmal gingen auch die Kinderschwestern wieder zurück ins Reich; nicht allen gefiel es in der Ostmark. So kam es, daß eines Tages aus dem Heim Steinhöring eine junge Frau zu uns kam, die mir sofort auffiel. Sie hatte langes, glattes blondes Haar, das sie zu einem sanften Knoten gebunden hatte. Ihre Gestalt war nicht sehr groß, eher klein und zartgliedrig, doch wohlproportioniert, und ihre Bewegungen wirkten geschmeidig, einem Raubtier gleich, und trotzdem wirkte sie dabei weiblich. So oft ich konnte suchte ich ihre Nähe – nützte vermehrt jede Gelegenheit zu kleineren Arbeiten im Hause –, nur um einen Blick oder eine Geste von ihr zu erhaschen.

Obwohl wir nie ein Wort miteinander wechselten, hatte ich doch das Gefühl, daß sie spürte, was in mir vorging. Ich könnte nicht sagen, daß sie vermied, mit mir zusammenzutreffen, aber wenn es ihr möglich war, den Raum, den ich gerade betrat, im selben Augenblick zu verlassen, dann tat sie es. Sofort und schnell, als wollte sie ein Gespräch mit mir vermeiden.

Daß sie meine Blicke in ihrem Rücken spürte ... dessen war ich mir ganz sicher. Wie gerne hätte ich gewußt, ob sie auch meine innere Glut darin spürte.

Sie war eine der neu angekommenen Säuglingsschwestern und noch sehr jung. Ich schätzte sie auf 25 bis 28 Jahre; ich jedoch war Ende 40, und es war unwahrscheinlich, daß sie an mir Interesse finden konnte – an einem so viel älteren und noch dazu behinderten Mann. Vielleicht hatte sie auch meine lange Narbe im Gesicht verschreckt, sodaß es ihr unangenehm war, mich anzuschauen? Diese Gedanken kamen mir während meiner Arbeit immer und immer wieder und sie ließen mich nicht mehr los. Der Wunsch, einmal mit ihr ins Gespräch zu kommen, wurde immer stärker – doch darauf mußte ich noch lange warten ...

Eines Tages war im Kinderheim Scharlach ausgebrochen. Diese hochansteckende Krankheit sorgte für große Aufregung im Heim. Wir hatten bereits einen Säuglingstod zu beklagen, und viele Mütter verließen das Heim, so lange sie noch konnten. Der Großteil des Personals wurde von den verbleibenden Müttern und Kindern abgeschottet, nur die Säuglingsschwestern mußten weiter ihren Dienst tun.

Es war die Zeit, in der ich mit der Sanierung der Glashäuser begann, denn dort war ich ganz allein und konnte ungestört meinen Gedanken nachgehen. Ich machte mir Sorgen um Hanna und wie ich sie kennenlernen hätte können. Wahrscheinlich war sie auch in Gefahr, angesteckt zu werden.

„Oh Gott“, sagte ich, „nimm mir diese Frau nicht weg.“ Aber warum sollte Gott auf mich hören? Es gab doch viel mehr Leid auf dieser Welt, und es wurde auch nicht erhört.

In den vergangen Jahren war mir die Umgebung des Hauses so vertraut geworden, daß ich jedes Wiesenstück, jedes Hügelchen und jede Baumgruppe bis ins kleinste Detail kannte. So war es mir auch möglich, unentdeckt und gefahrlos in der Dunkelheit durch den Wald bis zum Haus hinaufzukommen. Ich wollte unbedingt einen Blick ins Säuglingsheim machen, mußte unbedingt Hanna sehen …

Ab und zu sah ich eine Frauengestalt am Fenster, aber es war nicht möglich zu erkennen, ob es sich um Hanna oder eine der anderen Schwestern handelte. Wenn frische Lebensmittel geliefert wurden, gesellte ich mich bei der Anlieferung dazu und tat geschäftig, obwohl ich dabei nichts verloren hatte, immer in der Hoffnung, etwas zu sehen oder zu erfahren.

Auch daß einige Säuglingsschwestern schon wieder nach Steinhöring abberufen wurden, konnte ich in Erfahrung bringen. Hanna war nicht dabei. Sie war noch immer da – und alles andere würde sich finden, sagte ich mir vor dem Einschlafen – vielleicht morgen.

Eines Tages sah ich sie dann. Sie hatte einen Säugling am Arm und stand auf dem Balkon – und war gesund. Doch noch immer blieb der Wunsch, mit ihr zu sprechen und sie zu berühren, unerfüllt.

Wenn ich schlief, überkamen mich meine Träume, die so gar nicht zu dem sanften, im Kopf gemalten Bild von ihr paßten. Mal war sie zierliches Kind, ein andermal lockendes Weib – mal liebevoll und zärtlich, dann wieder fordernd, streitbar –, sodaß ich oft schweißgebadet erwachte und nicht wußte, was geschehen war und wo ich mich befand. Meine Gedanken waren die ganze Zeit über nur mit Hanna beschäftigt, und das barg gewisse Gefahren in sich. Ich mußte aufpassen, daß ich nicht unkonzentriert bei der Arbeit war, sodaß man im Haus auf mich aufmerksam wurde.

Abends, wenn ich allein in meinem Zimmer war, stellte ich mir vor, wie es wäre, sie zum ersten Mal zu berühren, ihr das Haar aus der Stirn zu streichen und ganz zart zunächst ihre Augenlider, Wangen und ihren Mund zu küssen.

Ich stellte mir vor, wie der erste Kuß von ihr schmecken würde.

Ein anderes Mal sah ich sie als Mutter meiner Kinder. Wir gingen Hand in Hand – es gab keinen Krieg mehr –, und sie trug einen kleinen Jungen am Arm – meinen Jungen –, und ich schob einen Kinderwagen mit einem kleinen Mädchen darin. Wir waren eine glückliche Familie; so war es in meiner Vorstellung – in dieser war alles, aber auch alles, was ich mir im Leben erträumt, wahr geworden. Meine Gedanken waren die eines kleinen Kindes – ich hatte auf einmal Träume, Wünsche und Ideen und war davon überzeugt, daß sie irgendwann einmal Realität werden würden.

Sex mit Hanna wurde im Traum immer atemberaubend empfunden und so intensiv gespürt, daß ich nächtens munter wurde, in das leere Bett neben mich griff, in der Hoffnung, der Traum wäre zur Realität geworden, und sie wäre wirklich da …

… und eines Tages stand sie wirklich da.

Ich war gerade im Begriff, vom Gemüsegarten hinüber in das Gewächshaus zu gehen, als sie aus dem kleinen Waldstück auf mich zukam und stehenblieb.

„Ich habe Sie schon einmal gesehen", sagte sie.

„Ich sehe Sie immer", antwortete ich.

Sie neigte ein wenig ihren Kopf und musterte mich amüsiert. Mit meiner Antwort konnte sie nichts anfangen und sie wartete daher ein Weilchen, ob noch eine Erklärung nachfolgen würde – doch von mir kam nichts mehr. Ich schaute sie nur an, suchte Blickkontakt mit ihren Augen, und erkannte, daß sie von blitzblauer Farbe waren. Ein echtes deutsches Mädel, dachte ich plötzlich, so wie es sich der Führer immer wünscht … und sofort verdrängte ich den aufkommenden Gedanken.

„Woher haben Sie die Narbe an der Wange?"

„Kriegsverletzung – nicht in diesem", fügte ich hinzu. „Ich meinte den ersten Weltkrieg."

Und ohne eine weitere Frage von ihr abzuwarten, sagte ich schnell: „Ich möchte Sie wiedersehen, morgen, übermorgen – und wenn möglich jeden Tag." Da lachte sie und antwortete: „Beginnen wir mit morgen."

„Ich bin schon 49 Jahre alt, stört Sie das?" setzte ich hinzu, doch sie schaute nur erstaunt und schüttelte den Kopf.

„Nach dem, was ich bisher erlebt habe, könnte ich schon hundert sein."

Das Warten, bis ich sie ansprechen konnte, hatte sich also gelohnt, so lange es auch bisher gedauert hatte – von jetzt an ging alles sehr schnell.

Mit Hanna erlebte ich die nächsten Monate so, wie ich es nur aus kitschigen Romanen her kannte.

Ich möchte nicht ausschließen, daß nicht der eine oder andere im Heim ebenso romantische Gefühle in sich trug wie ich. Wenn ich die Pärchen Hand in Hand durch den Park spazieren sah, war für mich nicht erkennbar, ob es sich um die Ehemänner der Frauen handelte oder deren Liebhaber, aber wenigstens überlagerte dieser Anblick die Trostlosigkeit des Krieges. Alles drehte sich ja sonst nur um die Versorgung der Grundbedürfnisse. Die Frauen im Ort warteten oft verzweifelt auf Nachricht von ihren im Krieg verschollenen Männern, wußten nicht, woher sie das Essen für die dagebliebenen Alten und ihre Kinder nehmen sollten, und versuchten dann, Arbeit hier oben im Heim zu bekommen, um sich wenigstens mit dem Allernötigsten versorgen zu können.

Nachrichten von „draußen" kamen nur sehr spärlich zu uns ins Tal. Ab und zu hatten die Zimmermädchen etwas von den Gesprächen der Offiziere mitbelauscht und erzählten, daß die Mädchen zum Bund Deutscher Mädchen gehen mußte, um Arbeitsdienstleistungen zu erbringen.

Wer von der jüdischen Bevölkerung Geld hatte – und auch die nötigen Beziehungen – versuchte, weiter weg ins Ausland zu kommen, um die Familie zu retten.

Juden, so erzählte man, durften nach 8 Uhr abends die Wohnung nicht mehr verlassen, ihre Lebensmittelkarten wurden mit „J" abgestempelt, sodaß sie kein Fleisch, Weißgebäck, Zwiebel, Knoblauch, Molkereiprodukte, Fisch und Süßwaren bekamen. Alle Synagogen und Gebetshäuser waren geschlossen, und ihre Aufenthaltsgemeinde durften Juden nur mit schriftlicher Erlaubnis der Gestapo verlassen.

Immer öfter war von Deportationen in sogenannte „Arbeitslager" die Rede, von denen niemand wußte, ob es je eine Rückkehr gab.

Die Heimleitung durfte nichts davon erfahren, daß über die Massenhinrichtungen gesprochen wurde. Jeder, der Derartiges verbreitete, wurde sofort zur Rede gestellt und entlassen, damit unter den Müttern keine Unruhe ausbrach.

Immer wenn ich davon hörte, kam mir Dr. Baer wieder in den Sinn und der Verbleib seiner Frau und seiner beiden Mädchen. Die Entscheidung – die Familie rechtzeitig nach Dänemark zu schicken – war die richtige gewesen: Hauptsache weit weg von hier.

Deutschland befand sich im Krieg mit Polen und Frankreich, und es war kein Ende abzusehen.

Ich hatte mit Hanna vereinbart, daß wir uns am Abend, wenn alles zur Ruhe gekommen war und sie keinen Dienst hatte, bei der ehemaligen Kriegerheilstätte treffen könnten. Dort befand sich – noch unentdeckt – ein kleiner Holzverschlag, welcher den Brand überlebt hatte, und wo man auch bei Schlechtwetter Unterschlupf fand. Es roch zwar noch nach verbrannter Kohle, aber er bot guten Schutz, und man konnte den Weg zum Haus gut überschauen, falls jemand zufällig aus dieser Richtung gekommen wäre. Hinter dem Verschlag befand sich ein kleines ebenes Wiesenstück, das nicht gemäht wurde, daher gerade richtig für uns, unsere Körper darin unsichtbar werden zu lassen. Wir lagen im Gras, Hand in Hand und schauten zum dunklen Himmel, welcher uns mit seinen Hunderten leuchtenden Sternen wie eine schützende Decke vorkam.

Ich erzählte Hanna von meinen Kriegseinsätzen, meinen Verletzungen und wie ich hierher gekommen war, erzählte ihr von den beiden Ärzten und daß ich von ihnen immer gut behandelt worden sei, auch als ich nicht wußte, wohin ich mit meiner Verkrüppelung hätte gehen sollen und daher hier geblieben war.

Sie wiederum erzählte von ihrer Familie, daß ihr Vater auch Arzt sei – in Steinhöring, von wo sie herkam –, und daß sie auch vorhätte, Ärztin zu werden. Aber der Krieg war dazwischengekommen, und weil sie schon einige Semester studiert hatte, sei sie als Säuglingsschwester eingestellt worden.

„Meine Familie hält sehr viel von unserem Führer", sagte sie einmal, und: „Der Heini ist dafür, daß Frauen wieder ihren richtigen Stellenwert als Mutter bekommen. Das finde ich auch gut."

„Wer ist Heini?"

„Heinrich Himmler, der Gründer des Vereins Lebensborn", sagte sie und sah mich erstaunt an.

„Weißt du denn nicht, worum es hier geht?" fragte sie.

„Sag du 's mir – ich verstehe nicht viel von Politik und Wehrmacht", antwortete ich und fügte hinzu:

„Seitdem ich hier bin, führe ich ein sehr abgeschiedenes Leben. Früher, als das Haus noch als Lungenheilstätte geführt wurde, hatte hier rege Betriebsamkeit geherrscht. Honorige Personen aus der ganzen Welt sind hier ein und aus gegangen, mit denen ich jedoch nicht in

Kontakt gekommen bin. Mein Leben hat sich darauf beschränkt, das Glashaus zu betreuen, kleinere Reparaturarbeiten zu machen und soweit ich konnte, den Frauen in der Wäscherei behilflich zu sein."

„So", sagte sie und lächelte dabei schelmisch. „Du warst also Frauen behilflich?" Dabei zog sie mich aus dem Gras, drückte sich ein wenig fester an mich, flüsterte mir ins Ohr. „Dann sei doch auch mir beim Küssen behilflich!" Und dabei lächelte sie. Es war ein wunderbares Lächeln.

In diesem Moment küßte ich sie das erste Mal.

Wie lange hatte ich auf diesen Augenblick gewartet! Scheu, wie ich in den Jahren nach Martha geworden war, war ich mir bisher nie sicher gewesen, ob ich es schon wagen hätte können, sie zu küssen. Jetzt aber dachte ich nicht mehr weiter darüber nach: Ich zog sie an mich und küßte sie innig und leidenschaftlich. Und sie erwiderte meinen Kuß. Wir rollten ins Gras zurück, hielten einander fest umschlungen, staubig und verschwitzt wie wir waren, und küßten einander immer wieder. Zärtlich berührte ich ihre Wange, strich sachte über ihren Hals und berührte dabei kaum ihre Haut. Sie kam mir näher, und ich fühlte ihre festen Brüste, und als ich in sie eindrang, war es, als verschlänge sie mich ganz und gar; als würden wir zu einem einzigen Wesen verschmelzen. Es fühlte sich ganz anders an, als mit Martha. Das Liebesleben mit Martha war wilder, ungestümer und unpersönlicher gewesen, und wenn der Sex vorbei gewesen war, war das Interesse aneinander verloschen. Es war gewesen, als ob zwei Tiere übereinander herfielen, um sich danach unerkannt wieder zu trennen.

Mit Hanna war es anders …

Hanna zu küssen – sie im Arm zu halten – bedeutete, jenen Platz im Leben gefunden zu haben, wo man bis ans Ende seiner Tage verbleiben möchte.

Auch war sie in Liebesdingen viel erfahrener als ich. Immer wieder ließ sie sich neue verführerische Spielchen einfallen, um mich dazu zu reizen, ihren Körper neu zu entdecken. Doch ich spürte dabei, daß ich als Person es war, den sie begehrte, wenn sie mich zärtlich an sich drückte und küßte.

Einmal hatte sie untertags Gänseblümchen gepflückt. An diesem Tag konnten wir uns schön früher sehen, und es war noch ein wenig hell. Sie saß da, mitten in der Wiese, den Rock knapp über die Knie geschoben, die Hände wie zu einer Schale geformt, und darin lagen die Köpfchen von Gänseblumen. Als ich sie fast erreicht hatte, schob sie den Rock noch höher, und ich sah, daß sie ohne Unterwäsche dasaß und langsam begann, die Blütenköpfe zwischen ihren Beinen auszubreiten.

„Komm – riech –, ich wußte gar nicht, daß diese kleinen Blüten so gut riechen können!"

Ich kniete mich vor ihr ins Gras, vergrub meinen Kopf zwischen ihren Schenkeln, und mein Mund grub sich immer tiefer und tiefer, bis ich ihr Zittern und Keuchen spüren konnte.

„Wie schön das war", seufzte sie mit einem verträumten Lächeln auf den Lippen, während ich noch weiter ihre zarten Arme, ihre Schenkel und die Wölbung ihres kleinen Bäuchleins streichelte.

An diesem Abend haben wir über nichts mehr gesprochen. Wir liebten uns mehrmals bis spät in die Nacht, bis sie plötzlich erschrocken aufsprang, denn wir hatten die Zeit um uns herum vergessen. Sie war in Sorge, daß man im Haus ihr Verschwinden schon bemerkt haben könnte. Aber im Haus war alles dunkel, und mittlerweile wußte sie, wie man unentdeckt hineinkam.

Es gab nicht jeden Tag die Möglichkeit, daß wir uns sahen, manchmal, wenn sie Nachtdienst hatte, versteckte ich mich im Wald, ganz nahe beim Haus, in der Hoffnung, etwas von ihr zu sehen, um dann enttäuscht wieder zurückzukehren.

Traurigkeit wechselte mit Eifersucht – ich ertrug es nicht, zu wissen, daß andere Männer mit ihr sprechen, ihr Lächeln sehen, oder sie gar berühren konnten. In diesen Momenten wollte ich alles offenbaren, wollte es hinausschreien: „Wir sind ein Paar, und wir gehören für immer zusammen!" Aber davor warnte sie mich oft genug.

„Niemand darf von uns erfahren, sonst schicken sie mich wieder nach Hause. Verbrüderung mit den Leuten aus dem Ort – und da gehörst du ja dazu – ist nicht erwünscht. Ich glaube, sogar mein Vater käme damit in Bedrängnis."

„Warum sollten sie das tun?" fragte ich.

„Wir sind doch ein Reich! Die Ostmark steht doch treu hinter dem Führer, und ich bin arisch!"

„Das hat mit dem Heim zu tun. Dieses Heim hat einen ganz bestimmten Zweck zu erfüllen. Alles steht unter strengster Geheimhaltung – daher ist eine Verbrüderung nicht erwünscht."

Und dann erzählte sie mir vom „Lebensborn."

Es wäre nicht nur ein reines Mütterheim, nicht das, wonach es aussah. Natürlich war der ursprüngliche Gedanke, ein Heim zu gründen, wo ledige Mütter ungestört ihre Kinder zur Welt bringen konnten und dann auch noch mit ihren Säuglingen für einige Monate versorgt werden. Doch das hier war ein SS-Mütterheim, und manche Mädchen stellten sich freiwillig zur Verfügung, dem Führer ein Kind zu schenken. Man wisse ja nicht immer, ob die Männer, die die Frauen besuchen, deren Ehemänner sind oder Erzeuger von Kindern reinrassigen Blutes. Wenn ein Mädchen den Auswahlkriterien entsprach – und der Fragebogen dazu war lang und sehr detailliert –, konnte es sich den SS-Mann, von dem es das Kind haben wollte, sogar aussuchen. Das so gezeugte Kind wird dann dem Lebensborn überlassen.

„Und was geschieht mit den Kindern?“ wollte ich wissen. Sie zögerte, bevor sie antwortete.

„Die Kinder kommen weg.“

„Was heißt weg? – Wohin weg?“ Und mir fiel plötzlich wieder die vergrabene Kindesleiche ein und spürte, wie sich alte Wunden öffneten.

„Na zu einer SS-Familie – zur Adoption.“

Ich war betroffen und schwieg. Das konnte, das wollte ich einfach nicht glauben.

„Und die Mütter?“ – „Nun, die wollten es ja so! Sie haben ja gewußt, daß sie ein Kind gebären, welches nach der Nationalsozialistischen Weltanschauung erzogen werden sollte. Der Reichsheini (Himmler) hat das Heim zunächst als Zufluchtsstätte für ledige Mütter gegründet. Die haben ja niemanden, der sie aufnimmt in ihrer Schande. Die Idee, den idealen Germanen zu züchten, kam ihm erst später.“

Fassungslos sah ich sie an und konnte nicht verstehen, daß ihr das alles so leicht über die Lippen kam.

„Und wer denkt dabei an die Kinder? Die wissen doch nie, wer ihre Eltern sind?"

Sie zuckte mit den Schultern.

„Richtig – das wissen sie nicht, und es geht ihnen besser damit, denn die Familien, zu denen sie kommen, kümmern sich um sie und machen aus ihnen anständige Menschen."

Betroffen hörte ich ihren Ausführungen zu und war zugleich unangenehm berührt davon, wie gleichgültig sie davon sprach, so, als wäre sie keine Frau, die die Empfindungen jener Frauen nachfühlen könnte, sondern ein von der NS-Ideologie besessenes Wesen ohne Geschlecht. Was hatten die Nazis nur gemacht aus den Frauen? „ Heil Hitler" rufen und sich in den richtigen Mann verlieben – wenn man überhaupt von Liebe sprechen kann – konnte doch nicht das zukünftige Leben des Deutschen Mädels sein?

Da ich nicht wollte, daß sie noch weiter sprach und mir das Bild meiner idealen Beziehung zerstörte, zog ich sie schnell fest an mich und brachte sie mit einem Kuß zum Schweigen …

Am nächsten Tag war alles wieder vergessen, und sie überraschte mich mit einem neuen Spiel.

Sie saß inmitten der Wiese, hinter der Kriegerheilstätte, die mittlerweile zu unserem Lieblingstreffpunkt geworden war, angezogen bis zur Taille mit ihrer blauen Schwesterntracht und den schwarzen Schnürschuhen. Den Oberkörper hatte sie nackt belassen und nur ein buntes Band mit mehreren Knoten darum geschlungen. Mit zittrigen Fingern löste ich einen nach dem anderen, nahm ihre nackten Brüste in meine Hände, dabei spürte ich, wie ihr Herz pulsierte und erregt schlug. Hastig schob ich ihre Röcke hoch und liebte sie mit einer Leidenschaft wie schon lange nicht mehr.

Über das, was im Kinderheim passierte, sprachen wir nie mehr.

So vergingen weitere Monate, und es war fast unglaublich, daß es uns immer wieder gelang, uns unentdeckt zu verstecken und zu lieben.

Ab und zu hatte ich auch länger im Heim zu tun und nützte neugierig die Gelegenheit, etwas vom Betriebsablauf zu erhaschen. Doch es gab nichts Außergewöhnliches für mich zu sehen: Es sah aus wie in einem normalen Kinderheim, es fiel mir daher schwer, ihre Geschichten zu glauben.

An einem Sonntag wurde ich jedoch Zeuge einer Taufe. Später sagte mir Hanna, daß es keine Taufe gäbe im Heim, sondern daß die Kinder eine „Namensgebung" erhielten.

Im Haus sah alles ganz anders aus, und eine feierliche Stimmung war zu spüren. Das große Bild des Führers hatte man aus der Eingangshalle in das ehemalige Musikzimmer gebracht und in der Mitte der Wand aufgehängt. Auch die Fahne mit dem Hakenkreuz und dem Schriftzug, „Deutschland erwache" wurde nach oben geholt und seitlich davon aufgestellt. Davor ein Tisch, mit einem Hakenkreuztuch verhängt, darauf eine Schale, in der eine Flamme loderte. Rechts und links davor standen zwei weitere Kerzenleuchter und noch ein kleineres Bild von Hitler und Blumengestecke, dahinter drei Männer in NS-Uniform mit Stahlhelm. Dann kamen zwei Offiziere in SS-Uniform ins Zimmer und stellten sich vor dem errichteten NS-Altar auf. Einer hielt ein Neugeborenes im Arm, während der andere seine Handfläche über den kleinen Kopf hielt und zu sprechen begann. So schnell ich konnte, verließ ich das Stockwerk. Hinaus … hinaus … in den Garten, über die Wiesen, in den Wald, nur weit weg, so weit wie möglich. Abscheu breitete sich in mir aus. Ich war ein christlicher Mensch, als Katholik erzogen, und was ich hier gesehen hatte, ließ sich mit meinem religiösen Glauben nicht vereinbaren. Es hatte nichts genützt, so zu tun, als wäre alles in diesem Haus harmlos und wohlgemeint. Ich war blind gewesen, in diesem Heim nur einen idyllischen Ort für ledige Mütter zu sehen. Die Nationalsozialisten hatten ganz anderes vor, und Hanna – meine Hanna – wußte davon. Wie sollte ich ihr noch unbefangen begegnen können?

In den nächsten Wochen hatte ich mich zurückgezogen und war unten in der Wäscherei und im Gesindehaus verblieben. Die Sehnsucht nach ihr verbrannte fast mein Herz, aber in meinem Herzen saß auch mein Gewissen, und das wollte mit dem „Gesehenen" nichts zu tun haben.

Inzwischen wurde bekannt, daß Hitler Polen überfallen und Rußland den Krieg erklärt hatte. Alle Kinder mit nordischem Aussehen wurden aus ihren Familien gerissen und in Lebensborn-Heime zum Eindeutschen gebracht. Ich betete darum, daß Feichtenbach nicht davon betroffen wäre. Tatsächlich kamen die Kinder zum Großteil nach Deutschland und ins Heim Alpenland nach Gmunden. Zu uns kamen weiterhin nur schwangere Frauen oder ledige Mütter mit ihren Kindern, und so beruhigte ich mich langsam, da es schien, daß diesem Haus eine bessere Zukunft zugedacht war als allen anderen.

Und Hanna hatte mich gesucht. Sie vermisse mich so sehr, stand auf einen kleinen Zettel, welchen sie mir durch ein Zimmermädchen zukommen ließ. Ich vermißte sie auch, und als ich es vor Sehnsucht nicht mehr aushielt, antwortete ich ihr, und wir trafen uns wieder an unserem alten Platz bei der ehemaligen Kriegerheilstätte.

„Laß uns träumen, wir könnten unser Leben nach unseren Wünschen gestalten", sagte ich eines Tages zu ihr, denn ich war zum erfahrenen Träumer geworden. Und wir malten uns aus, wie unser Haus aussehen könnte und welche Blumen wir in unserem Garten pflanzen würden. Am Sonntag könnten wir Gäste einladen, über dies und das plaudern, dabei Tee trinken und dazu den selbstgebackenen Kuchen anbieten.

Auch ein Auto – welch ein Luxus – stand vor unserem Haus, mit dem wir am Wochenende kurze Ausflüge zu den nahen Badeteichen machten, um uns dann abends in eine dieser kleinen bekannten Weinschenken zu setzen, wo wir bei Wein und Schinkenbrot den Tag ausklingen lassen wollten …

Doch mit den zunehmend schwieriger werdenden Lebensumständen gelang es uns immer weniger, unseren

Träumen nachzugehen. Obwohl immer mehr Frauen zu uns ins Mütterheim kamen, wurden weniger Nahrungsmittel nachgeliefert. Überall im Land wurde die Nahrung nun knapp, nur das, was auf der Lebensmittelkarte stand, konnte bezogen werden, und man begann alles Mögliche zu sammeln. Uns kam zugute, daß wir einen großen Gemüsegarten von unseren Vorgängern übernommen hatten, und auch das Glashaus war jetzt wieder gut gefüllt.

Inzwischen verfiel Deutschland in Siegesrausch – der Krieg gegen Polen und Frankreich war gewonnen, und in unserem Heim wurde dies lautstark gefeiert. Die SS-Offiziere sangen laut deutsche Lieder, feierten den Sieg, und den Frauen im Heim schien es zu gefallen.

Es ging uns zwar wirtschaftlich immer schlechter – aber das kümmerte weder den Führer noch sein Militär. Sie hatten ja alles, was sie zum Leben brauchten.

In dieser Zeit verlief mein Tag so, wie er in der früheren Vergangenheit immer verlaufen war, nur daß die „Herrschaft" eine andere war.

In der Früh begann ich mit der Reinigung der Glashäuser, danach kam daß Gießen der Pflanzen und zuletzt das Ernten, was bereits gereift und eßbar war. Das Gemüse brachte ich sofort ins Haupthaus in die Küche, wo man mich schon zum täglichen Frühstück erwartete. Dies hatte sich im Laufe der Jahre so ergeben, da ich die Köchinnen immer mit etwas mehr, als benötigt wurde, versorgte, und so deren Familien etwas abbekamen. Im

Gegenzug bekam ich meinen Kaffee – in dieser Zeit kaum mehr regulär zu kaufen – und Gebäck aus der eigenen Backstube.

Danach ging ich ins Heizhaus, kontrollierte alle Druckventile der Dampfheizung, eines der wenigen Dinge, die von den Vorbesitzern übernommen worden waren, um dann in die Wäscherei hinüberzuwechseln und dort nach dem Rechten zu sehen.

Wenn es nichts zu reparieren gab, half ich den Frauen, ihre schweren Körbe zu tragen. Dabei erhielt ich manchmal Informationen darüber, was im Kinderheim vorging und was hinter vorgehaltener Hand getratscht wurde.

Das, was mir Hanna erzählte, wurde mir bestätigt, und ich nahm mir vor, am Abend nochmals mit ihr darüber zu reden.

Doch es kam alles anders.

Da es ein kühlerer Abend war, trafen wir uns im Holzverschlag, den wir mit Decken und Latten ein wenig hergerichtet hatten. Bis hierher war vom Haus noch nie jemand gekommen, wahrscheinlich wegen des noch immer brandigen Geruches.

Hannas Hände waren eiskalt, als ich sie zur Begrüßung an meine Lippen führte.

„Mein Gott du frierst ja. Sitzt du schon länger hier in der Kälte?“

„Die Kälte kommt vom Frieren meines Herzens“, antwortete sie, „denn ich bin schwanger …“

Ich nahm sie in den Arm, wollte jubeln, sagen, daß jetzt, wo sich alles geändert hatte, auch eine gemeinsame Zukunft möglich wäre, als sie weiter sprach.

„Jetzt werde ich mit einem SS-Offizier schlafen müssen."

„Nein ... nein ...Hanna, was sagst du da?" rief ich, doch sie redete weiter, ohne auf mich zu hören.

„Wenn ich nicht mit einem SS-Offizier schlafe, werden sie mir das Kind wegnehmen, und wir werden es nie mehr wiedersehen. Es wird genau Buch darüber geführt, wer der Vater und wer die Mutter eines Kindes sind. Wenn ich nicht sage, wer der Vater ist, kann die Reinheit der Rasse nicht festgestellt werden, und wenn ich dich nenne, weiß ich nicht, was mit dir geschieht. Das Kind kommt dann nach Wien, und was mit diesen Kindern dann weiter geschieht, erfährt man nicht."

Tränen begannen mir über die Wangen zu rinnen, während ich ihr zu hörte. Ich kniete mich vor ihr nieder, umfaßte ihre beiden Knie und drückte mein Gesicht in ihren Schoß.

„Bitte...", flüsterte ich, „ich bitte dich, laß uns einen anderen Weg finden. Gib uns noch etwas Zeit. Es muß doch eine Lösung geben, um das zu verhindern." Und ich sah, daß auch sie begonnen hatte zu weinen.

Wie zwei kleine Kinder, sich an den Händen haltend, verbrachten wir die ganze Nacht im Verschlag, unfähig, weiter etwas zu sagen und unfähig, uns zu trennen. Erst als der Tag schon anbrach, verließen wir unser Versteck und trennten uns wortlos.

Es waren auch keine Worte nötig, denn wir wußten, daß es in Wirklichkeit keine Lösung gab für eine gemeinsame Zukunft. Die nächsten Tage und Wochen verbrachte ich wieder alleine in unserem Verschlag. Hanna war nicht mehr gekommen, und ich hatte keine Möglichkeit gefunden, mit ihr Kontakt aufzunehmen. Sie blieb im Heim und vermied jeden Ausgang, um nicht mit mir in Kontakt zu kommen.

Wenn ich mich bis jetzt auch damit abgefunden hatte, den Nazis zu dienen und die politische Lage zu akzeptieren, weil ich mir dadurch ein besseres Leben erkaufte – jetzt kam Haß in mir auf. Ich haßte dieses Haus, das Mütterheim, die SS und ich haßte mich selbst für meine verlogene Feigheit. Was war ich nur für ein feiger Mensch geworden! Ich hätte um Hanna und um unser Glück kämpfen sollen und mit dem Obersturmführer – welcher inzwischen fast ein Freund geworden war – sprechen sollen. Doch die Angst vor den Nazis ließ mich verstummen. Die Hölle hatte nicht den Teufel auf die Erde geschickt, um die Menschheit unglücklich zu machen, sie hatte uns einen Narren – Hitler – geliefert!

Zweimal war es mir danach noch möglich, Hanna zu sehen.

Einmal, als sie mir sagte, daß sie nicht *ein* Kind sondern Zwillinge erwarte, und ein weiteres Mal nach der Geburt der Kinder, damit wir die Namen gemeinsam aussuchten.

Ich kann gar nicht niederschreiben, was ich damals empfand. Nur kurz will ich erzählen, wie es weiter ging, denn ich habe versucht zu vergessen – zu verdrängen, wie ich es immer getan hatte … Ich versuchte, Hanna und meine Söhne aus meinem Herzen zu löschen …

Sie kam alleine, denn es war zu gefährlich, die Kinder mitzunehmen, und ich tat so, als würde ich mich fest in der Hand haben und sprach von Hoffnung und unserer

Liebe, doch sie hörte mir gar nicht zu, so eilig hatte sie es und so verängstigt schien sie.

Wir entschieden uns für Hans und Jürgen, und man schrieb das Jahr 1942.

Wer der Offizier war, mit dem sie geschlafen hatte, konnte ich nie erfahren, weder von ihr, noch über die Frauen, die im Haus beschäftigt waren. Meine Söhne habe ich nie kennengelernt. Hanna hatte mir einen Brief geschrieben, in dem sie um Verständnis bat, daß sie Feichtenbach verlassen müsse ohne mich nochmals zu sehen.

Sie ging zurück nach Steinhöring zu ihrem Vater, und ich hoffte, sie würde sich melden, mir von unseren Kindern erzählen, aber ich hörte nie wieder von ihr.

Seither habe ich keine Frau mehr angesehen, denn sie zu vergessen, war mir nicht möglich, und die Gedanken an meine Kinder verbrannten für immer meine Seele. Von da an holte keine Wirklichkeit meinen Traum mehr ein, sie blieb nur Kulisse, vor die ich hintrat, um meinen eingelernten Text zu sprechen.

Mit 52 Jahren war ich ein einsamer, grauer, verbitterter Wolf geworden. Ich bin hier geblieben, denn ich wollte warten. Irgendwann – dachte ich –, irgendwann werden meine Kinder nach mir suchen, wenn sie erfahren hatten, daß es da jemanden gibt, der vielleicht ihr Vater sein könnte. Aber ich erkannte, daß ich ein Träumer bin. Ich war immer ein Träumer und hatte immer meine Augen vor der Realität verschlossen. Stets war ich darauf bedacht gewesen, nicht aus der Rolle zu fallen, ließ mich einordnen und erfüllte die Forderung anderer, freundlich zu sein und keine Fragen zu stellen.

Eines Tages entschloß ich mich, alles niederzuschreiben, die vielen Seiten in ein Kuvert zu stecken und in der Mitte den Namen

HANNA BACHLER

draufzuschreiben. Adresse? – unbekannt.

Morgen werde ich auf den Geyer hinaufgehen und es meinem Freund Werner übergeben und ihn bitten, diese Geschichte so lange aufzubewahren, bis jemand kommt und nach Hanna fragt. Es ist das einzige Vermächtnis, das ich für meine Kinder habe …

4. KAPITEL

Hans-Jürgen (Hans), 1942–2003

Zu erfahren, daß du nicht das Kind deiner Eltern bist, zieht dir schlagartig den Boden – auf den du viele Jahre vertrautest – unter den Füßen weg und läßt dich in einen tiefen Abgrund fallen. Unten angekommen, überfallen dich Fragen, Trauer, Zorn und Unsicherheit – und die Hoffnung, daß es sich vielleicht um einen Irrtum handelt, eine Verwechslung, die sich bald aufklären würde, bis du dann beginnst zu akzeptieren. Aber verstehen kannst du nicht; kannst nicht verstehen, warum gerade DU?

Ab dann sagst du nur mehr *der* Vater und *die* Mutter, anstatt *meine* Mutter und *mein* Vater, und irgendwann beschließt du, daß das Leben wieder seinen gewohnten Lauf zu nehmen hat. Dein Verhalten wird wieder als normal angesehen, und niemand sieht die verbliebene Wunde in deinem Herzen, in der sich die Fragen „Warum? – Und wer?" verstecken.

Erst viel später kommt eine Zeit, wo man an Rache denkt. Rache? An wem?

An den beiden, die nicht meine Eltern waren und sich trotzdem das ganze Leben lang für mich sorgten?

Oder an meiner „wahren Mutter", die ich wahrscheinlich nie finden und kennenlernen werde?

Diese Gedanken kamen mir immer wieder, während ich die Unterlagen auf meinem Schreibtisch sichtete und in meinem Terminkalender blätterte. Doch bereits auf dem Weg zur nächsten Besprechung ging ich sogleich wieder zur Tagesordnung über, bemüht, meine trüben Gedanken zu vergessen, was mir mittlerweile auch hervorragend gelang.

Aus mir war ein erfolgreicher Geschäftsmann geworden.

Offiziell kam ich aus einem guten Stall.

Der Vater hatte mir, nebst einer guten akademischen Ausbildung auch ein beachtliches Vermögen hinterlassen.

Die Mutter zog mich mit humor- und liebevoller Strenge auf und gab mir emotionales Rüstzeug fürs Leben mit.

Ich sollte daher ein zufriedener, glücklicher Mensch sein: Wenn ich die Vergangenheit ruhen lassen könnte.

Es war an meinem 21. Geburtstag, an dem mich *der* Vater und *die* Mutter in der Bibliothek in ihre Mitte nahmen.

„Wir haben etwas mit dir zu besprechen, das unsere Herzen belastet“, begann Mutter.

Es war immer Mutter, die begann, wenn es galt, Schwierigkeiten aus der Welt zu schaffen, während Vater anfangs ruhig zuhörte, um dann die Details zu erörtern.

„Wir haben lange überlegt …“, ihre Stimme begann zu zittern, „… ob und wie wir es dir sagen sollen, denn wir haben nun ein Alter erreicht … wo man nicht weiß, wie lange wir alle noch zusammen sind …“

Sie machte wieder eine kurze Pause, und ich wartete. Dabei beobachtete ich ihre kleine Gestalt, wie sie dastand, den Rücken schon leicht gebeugt; die Lippen zitterten jetzt ein wenig mehr, und ihre Stimme wurde noch leiser, als sie weitersprach:

„Darum befanden wir, daß es unsere Pflicht wäre, dich darüber zu informieren, daß wir nicht deine richtigen Eltern sind ..."

Die plötzliche Stille im Raum war gespenstisch, es schien, als hätte die Erde aufgehört, sich zu drehen, und die Welt war plötzlich ohne Farbe – grau war alles um mich herum.

Ich spürte plötzlich, daß der Boden unter meinen Füßen sich aufzulösen begann, meine Beine wie in Watte standen, in die ich immer tiefer einsank – bis ich nichts mehr hören konnte, weil ich zugedeckt war von einer schalldichten Masse, die mich beruhigend umhüllte.

Mutter – diese Frau, die da so winzig im Sessel versunken vor mir saß – sollte nicht meine Mutter sein?

Vater – dieser vertraute, willensstarke Mentor und von mir geachtete Mann – sollte nicht mein Vater sein? Alles, was ich bin, hat anderes Erbgut als das ihre?

Ich wollte etwas sagen, doch meine Zunge war schwer und klebte an meinem Gaumen. Verzweifelt bemühte ich mich, mein Entsetzen zu verbergen und meine Stimme wieder zu erlangen. Ich sah, daß sie noch etwas hinzufügen wollten, doch um das zu verhindern, sprang ich rasch auf und lief aus dem Zimmer. Hastig riß ich, in meinem Zimmer angekommen, alle Laden des kleinen Mahagoni Schreibtisches auf und suchte nach meiner Dokumentenmappe; mit ungeduldigen Fingern zerrte ich die Geburtsurkunde heraus – aber da stand nichts Ungewöhnliches. Da standen die Namen meiner

Mutter und der meines Vaters und als Geburtsort Steinhöring bei München.

Wenn ich jemals wieder richtig atmen wollte, müßte ich jetzt sofort laut schreien, doch ich blieb stumm. Schnell ließ ich meine Augen suchend durch den Raum wandern und fand in der Bücherwand das Fotoalbum, das mir meine Mutter zu meinem 18. Geburtstag geschenkt hatte. Rasch blätterte ich Seite für Seite durch, in der Hoffnung, irgend etwas Besonderes darin zu finden. Nichts! Kein Hinweis, kein Foto – nichts –, das nicht zu meinem bisherigen Leben gepaßt hätte. Ich war der Sohn dieser zwei Menschen, so stand es in meiner Geburtsurkunde, und so bewiesen es die vielen Fotos.

Doch wer war ich wirklich?

Schnell nahm ich meinen Mantel von der Garderobe und lief aus dem Haus. Zunächst irrte ich nur planlos in der Gegend herum, bis ich nach einiger Zeit spürte, daß ich ruhiger wurde. Ich ging in das nächste Lokal, setzte mich an die Bar und bestellte einen Cognac. Dann einen zweiten, dritten, und ich weiß nicht mehr, wie viele es waren, bis es mir endlich gelang, mich so zu betäuben, daß ich bis heute keine Erinnerung mehr daran habe. Irgendwann rief der Wirt ein Taxi und ließ mich nach Hause bringen.

Die folgenden Tage, Wochen und Monate verliefen stets nach dem gleichen Muster. Ich stand auf, ging ins Bad, schaute in den Spiegel und fragte mich: Wer bin ich? Wo komme ich her? Wo leben meine richtigen Eltern? Habe ich noch eine andere Familie? Alle diese Gedanken liefen durch meinen Kopf, während ich mich wusch, rasierte, ankleidete und das Haus verließ, ohne ein Wort zu sagen. Ich machte mich zu Hause unsichtbar. Manchmal verbrachte ich ganze Nächte außer Haus bei Freunden. Beim Frühstück vermied ich es, die beiden anzusehen und plauderte sinnloses Blabla, um nur ja nicht das Thema nochmals zu berühren. Ich war taub geworden für alles, und alle meine Regungen hatte ich in Betäubungen erstickt. Sie tolerierten mein Verhalten und behielten ihre Freundlichkeit bei, was mir das Zusammenleben noch schwerer werden ließ.

Und eines Tages dann ließ mich Vater nochmals in sein Arbeitszimmer rufen.

„Auch wenn du nichts mehr davon hören willst, muß ich dir doch noch einige Dinge sagen. Du kannst sie danach vergessen, wenn dir danach ist, aber vielleicht kommt einmal der Tag, wo du wissen willst, woher du kommst und wer du bist – und wenn wir nicht mehr sind, gibt es niemanden, der deine Fragen beantworten kann. Versteh uns doch auch Junge, Mutter und ich wollen nicht sterben, ohne uns davon befreit zu haben."

Ich nickte stumm, ließ mich in den Sessel vor seinem Schreibtisch nieder und sah ihn an. Starr und unpersönlich.

„Deine Mutter und ich konnten keine Kinder bekommen. Was der Grund war, wissen wir nicht – wollten wir auch nicht wissen. Wir heirateten im Krieg und wurden ziemlich bald nach unserer Hochzeit getrennt. Ich wurde nach Süddeutschland versetzt, und meine Aufgabe war es, die Mütterheime zu kontrollieren und für Ordnung zu sorgen, wenn es irgendwo Probleme gab. In Feichtenbach, in Österreich, war ebenfalls von uns ein Kinder- und Mütterheim errichtet worden. Als ich dort zu Besuch war, habe ich eine Frau kennengelernt – eine Säuglingsschwester –, welche Zwillinge bei sich hatte. Es war gegen Kriegsende, und niemand wußte, wie es weitergehen würde. Die Russen standen in Österreich vor dem Einmarsch, überall gab es Luftangriffe und fielen die Bomben. Die junge Frau hatte Angst um ihre beiden Söhne und bat mich, sie und die Knaben mit nach Steinhöring zu nehmen, denn dort wäre ihr Vater und würde weiter für sie sorgen. Als wir jedoch in Steinhöring ankamen, gab es keinen Vater, denn er war in den letzten Kriegstagen noch eingezogen worden, an die Front, und so war sie ganz alleine da mit ihren beiden Buben."

Er mußte jetzt eine kleine Pause machen, bevor er weitersprach; dabei stand er auf und ging zum Fenster. Eine Weile schaut er still hinaus – so als bemühte er sich, die Erinnerung an diese Situation wieder herbeizuholen – um dann wieder an den Schreibtisch zurückzukehren.

„Sie fragte mich, ob ich jemanden wüßte, der die Kinder adoptieren möchte. In dieser Zeit war es üblich, daß unerwünschte Kinder zur Adoption freigegeben wurden. Deutsche Offiziere wurden bei der Adoption bevorzugt – denn Deutschland brauchte Nachwuchs. Sie hatte keine Geburtsurkunden bei sich, und so ließ ich die Kinder in Steinhöring eintragen, damit sie wenigstens Dokumente hatten. Beide Knaben konnte ich jedoch nicht nehmen, so hab ich dich ausgesucht und zu deiner Mutter gebracht. Sie nahm dich wie einen eigenen Sohn auf, und das bist du bis heute für sie geblieben und für mich natürlich auch. Es war sehr schwer, sie davon zu überzeugen, daß du ein

Recht auf die Wahrheit hast, aber letztendlich hat sie es akzeptiert. Ich bitte dich von ganzem Herzen", er flüsterte es fast, „bleibe unser Sohn, der du immer warst, denn wir lieben dich ..."

Ich ignorierte seine letzten Worte, denn als ich das Wort „Zwillinge" hörte, da explodierte etwas in meinem Kopf.

„Ich habe einen Bruder?" schrie ich, und eine Blutwelle färbte mein Gesicht.

„Ich habe einen Bruder, und der ist irgendwo da draußen, bei Fremden, und ihr habt das alles gewußt? Ihr konntet die ganze Zeit mit diesem Wissen leben?"

Meine Stimme überschlug sich, und ohne es zu bemerken, hatte ich mit meinen beiden Fäusten dabei unentwegt auf die Schreibtischplatte gehämmert, sodaß meine Handkanten bluteten und schmerzten.

„Beruhige dich – bitte!"

„Ich verstehe das nicht! Was hast du dir dabei gedacht, Zwillinge zu trennen?"

Ich fragte nicht, ich schrie ...

„Wo ist mein Bruder geblieben?"

„Dein Bruder wurde von einem Freund nach Dänemark mitgenommen, konnte ich später in Erfahrung bringen. Von der Frau weiß ich nicht viel, nur daß sie Hanna hieß, ihr arisch seid und daß ihr nicht gewünscht ward. Von deinem Vater weiß ich gar nichts, denn die junge Frau weigerte sich, darüber zu sprechen."

„Hatten wir bereits Namen?"

„Dich hatten sie Hans, und den anderen hatten sie Jürgen genannt – so hatte sie mir gesagt, und daher haben wir, deine Mutter und ich, beschlossen, dir einen Doppelnamen zu geben, nämlich Hans-Jürgen. Mutter

meinte, daß wenigstens durch den gemeinsamen Namen eine Verbindung zwischen euch bleiben sollte."
Es war still geworden.

Der Vater stand jetzt ganz ruhig da, mitten im Zimmer, und schaute mich an, so als ob er etwas von mir erwartete, und nach einiger Zeit sagte ich gepreßt:

„Danke, daß ihr meine Eltern ward."

„Das sind wir noch immer."

Darauf ging ich nicht ein.

„Ich werde das nicht hinnehmen. Es gibt Möglichkeiten … und ich werde ihn finden … egal wie lange es dauert …" Und dann verließ ich ohne ein weiteres Wort das Zimmer.

Und bereits in den folgenden Wochen begann ich Nachforschungen über Steinhöring anzustellen, aber sehr viel konnte ich nicht in Erfahrung bringen.

Bis 1934 war dort eine SA-Nachrichtenschule untergebracht gewesen, 1934 kaufte das Gebäude der Verein Lebensborn e.V. und machte daraus das Entbindungsheim „Heim Hochland". Zu Kriegsende wurden alle Unterlagen über die dort geborenen und dorthin verschleppten Kinder verbrannt. Über das österreichische Kinderheim Feichtenbach war noch weniger bekannt. Man wußte nur, daß es eines gab, aber es existierten keine Unterlagen mehr über die dort geborenen Kinder, und ich wußte nicht einmal den Namen dieser Frau. Ich war also gezwungen, meine Suche einzustellen – vorläufig!

Wie aber sollte ich zukünftig *dem* Vater gegenübertreten? Er war in den Heimen als SS-Mann aufgetreten, denn nur als dieser konnte er dort diese Kontrolltätigkeit ausüben. *Der* Vater ein ehemaliger Nazi – ist er vielleicht noch immer –, und er war bei der SS. Er war vielleicht auch zuständig gewesen für andere Grausigkeiten, die ich mir gar nicht vorstellen wollte. Wie schrecklich, wie unfaßbar! Wie stolz war ich immer auf meinen Vater gewesen, und ich wünschte, ich könnte nachvollziehen, was er damals empfunden hatte, als er die Heime besuchte und als er mich auswählte und meinen Bruder zurückließ. Dieser Mann, der bis jetzt mein Vorbild gewesen und dem ich so viel verdanke – auf einmal war er mir fremd geworden.

„Du solltest wieder zurück in dein normales Leben", hatte *die* Mutter nach einiger Zeit zu mir gesagt. Aber was war schon mein normales Leben? Ich hatte mein Wirtschaftsstudium abgeschlossen und war in die Wertpapierabteilung einer Bank eingetreten, die einem Freund *des* Vaters gehörte. Dort lernte ich alles, was man zum Handwerk brauchte, Geld zu vermehren. Die Frage, die ich mir immer wieder stellte und die mich nicht ruhen ließ – Wer bin ich? –, blieb weiterhin unbeantwortet, und meine innere Unruhe betäubte ich mit meinen rastlosen, geschäftlichen Aktivitäten.

Es war Chris, der eines Tages meinte, ich sollte mich mit ihm selbständig machen. Wenn wir beide ein gewisses Startkapital einbrächten und dieses geschickt investierten, sollte der Gewinn bei uns bleiben – und nicht bei den Banken.

„Wie stellst du dir unsere Beteiligungen vor?"

„Nun, ich könnte so 500.000 lockermachen, und wenn du den gleichen Anteil einbringst, hätten wir genug Startkapital, auch bei größeren Veranlagungen mit dabei zu sein."

Wir saßen in meinem Büro, und ich schenkte ihm eine Tasse Tee ein. Das taten wir sonst öfter, bevor wir zum Golfen gingen. Es war angenehm, wenn niemand mehr im Haus war, und ich liebte es, den Tee selbst zuzubereiten, achtsam wie eine Zeremonie. Das Licht der Schreibtischlampen fiel auf unsere Beistelltische und hüllte den Raum in warmes Licht.

„Hast du nie früher daran gedacht, dich selbständig zu machen oder ins Ausland zu gehen?"

Ich verneinte und schenkte mir auch Tee ein.

„Wahrscheinlich bin ich ein wenig zu vorsichtig dazu."

„Außerdem", fügte ich hinzu, „hat sich bisher kein so zahlungskräftiger Partner gefunden, wie du!"

Er lachte.

„Keine Angst – Geld ist genug da, mir fehlten bisher die guten Verbindungen, die du durch deinen Vater hast. Aber noch wichtiger ist, daß wir beide uns gut verstehen und gleicher Ansicht sind, wie man Geld richtig investiert."

Ich blickte nachdenklich in meine Tasse.

„Mein Vater pflegte immer zu sagen: ‚Geld muß rollen', und daher hat er mir auch das Wirtschaftsstudium nahegelegt."

„Und wie sich herausgestellt hat, war die Empfehlung gut. Was ist, kommst du später noch vorbei, und wir machen eine kleine Lokaltour?" beendete er den geschäftlichen Teil des Gespräches.

„Heute Abend nicht, Chris, ich möchte noch eine Weile die Ruhe hier im Büro genießen und über alles nachdenken."

„Na schön, aber solltest du es dir überlegt haben ..."

„Ja, ja ... ich weiß ja, wo ich dich finde."

Nachdem Chris gegangen war, beschäftigte mich noch lange die Idee, selbständiger Investor zu werden, und ich kam zu dem Entschluß, daß nichts dagegensprach. Wir waren beide nicht unvermögend, auch wenn Chris noch um einiges mehr besaß als ich. Dafür brachte ich, dank meines Vaters, einen größeren, finanzstärkeren Bekanntenkreis ein.

Auf dem Heimweg überlegte ich, wie ich es *dem* Vater mitteilen könnte; er würde bestimmt enttäuscht sein, wenn ich die Bank seines Freundes verließe.

Zu Hause angekommen, verblieb ich für einen kurzen Moment in der Eingangshalle unseres Hauses und genoß den Anblick der gediegenen Möbel und der weichen, hochflorigen Teppiche. Die Bilder an der Wand hatten *die* Eltern schon von ihren Eltern geerbt und gaben dem ganzen Raum ein vornehmes, elegantes Aussehen. Über die Marmorstiegen, die nach oben führten, war ein hellblauer Teppich gelegt, der sich in den runden, goldverzierten Spiegeln wiedergab und so den Aufgang nochmals vergrößerte. Mein Reich befand sich im Obergeschoß, das etwas kleiner, aber für eine Junggesellenwohnung durchaus ausreichend war. Nebst einem großen Badezimmer standen mir noch drei weitere Räume –

ein Schlafzimmer, ein kleiner Salon und eine Bibliothek – zur Verfügung. Die Bibliothek und den Salon hatte ich im selben eleganten Stil, den meine Eltern bevorzugten, belassen; nur das Schlafzimmer – mein Intimraum – wurde von mir mit Möbel aus den sechziger Jahren ausgestattet. Immer wenn mir die „Kapitalgesellschaft" zuviel wurde, zog ich mich in diesen Raum zurück, um den Hippie in mir zu finden und wie verrückt nach wilder Musik zu tanzen; sodann meinen Anzug in die Ecke zu fegen; aus dem Schrank ein paar Jeans zu fischen; ein verrücktes buntes Hemd darüber; und schnell unbemerkt in die Bremer Szene zu entwischen.

Am nächsten Tag, war ich dann wieder der „brave Junge": dunkler Anzug, Nadelstreifhemd, zartgetönte Krawatte, und der Investor in mir bekam wieder Oberhand und füllte den Kopf mit Zahlen.

Morgen würde ich mit *dem* Vater sprechen, entschied ich und ging langsam die Treppe hoch.

Das Geschäft lief von Anfang an besser als Chris und ich geplant hatten. Bereits bei unserer ersten Investition kam so viel Kapital herein, daß wir genug zum Weiterinvestieren hatten und trotzdem noch für jeden etwas übrig blieb.

„Wie bist du nur an dieses Verlagshaus rangekommen?" hatte Chris gefragt.

„Mein Geheimnis, mein Lieber."

„Aber du hast doch mit dem Verlagswesen nie etwas zu tun gehabt?"

„Richtig! Aber ich kannte da diesen jungen Mann – und der hat! Und ich wußte: Wenn ich diesen Verlag bekomme und ihn finanziere, schaut für uns so viel dabei heraus, daß wir uns in Ruhe auf die nächsten Projekte vorbereiten können.“ Chris grinste mich an, und ich grinste zurück. Wir verstanden uns wirklich gut.

Ja – ich hatte einen untrüglichen Instinkt dafür, Kapital richtig einzusetzen, um noch mehr Kapital daraus zu machen. Selbst Investitionen, die andere für hoffnungslos hielten, brachten bei uns Gewinn. Jeden neuen Gewinn investierten wir wieder in neue Unternehmen, die wir wiederum so lange förderten und unterstützten, bis sie selbständig Gewinne erwirtschafteten, und wir unseren gutverzinsten Einsatz wieder zurückbekamen, um ihn neuerlich in innovative Projekte zu investieren. Meine guten gesellschaftlichen Kontakte kamen mir dabei immer wieder zugute; dank Vater war ich ja in der feinen Bremer Gesellschaft ein gerngesehener Gast.

An irgendeinem Morgen: Ich fuhr in meinem Auto durch die Stadt, um mich tobte der Frühverkehr, hupen, Bremsen quietschen, hektische Menschen auf der Straße – doch ich war ganz ruhig. Ich dachte darüber nach, daß es jetzt an der Zeit wäre, mein Junggesellendasein aufzugeben und eine Familie zu gründen. Seltsam!

Wahrscheinlich war es mir in letzter Zeit zu ruhig geworden: Alles hatte zu perfekt geklappt. Jetzt schien mir etwas Bewegung in meinem Leben zu fehlen. Ich dachte an den Tag zurück – Vater, und die seltsame Situation in seinem Arbeitszimmer, als er mir erzählte, woher ich kam. Ich fühlte keine Rache mehr; manchmal gelang es mir sogar, mich in jene Zeit hineinzuversetzen und verspürte sogar Verständnis und Akzeptanz.

Wer war ich schon – der ich urteilen konnte? Ich hatte es ja noch gut getroffen! Genausogut hätte ich in irgendeinem Lager verschwinden können. Vergangenes ist *vergangen,* und es war an der Zeit, meine weitere Zukunft zu planen, meine eigene Familie zu gründen, selber Kinder zu haben …

Bald darauf lernte ich Ruth kennen. Es war auf einer Benefizveranstaltung. Ich haßte Veranstaltungen dieser Art und das scheinheilige Getue der „ach so guten Menschen". Doch wahrscheinlich war ich nur deshalb unangenehm berührt, weil die Spenden meist bedürftigen Kindern zugute kamen, und dies bei mir wieder die Erinnerung an meine unbekannte Herkunft weckte. Zufällig traf es sich, daß ich sie bereits beim Fortgehen auf der Freitreppe einholte.

„Ach, Sie wollen auch schon weg?" sagte ich zu ihr.

Sie lächelte.

„Warum gehen Sie eigentlich zu solchen Veranstaltungen?" warf sie mir plötzlich zu.

„Warum gehen Sie?" fragte ich zurück.

„Ich weiß es nicht! Für mich hat jeder Tag 24 Stunden, die offensichtlich von meiner Sekretärin verplant werden müssen. Kommen Sie, ich lade Sie zu einem Drink ein."

Ich war verdutzt und etwas verlegen über ihr Angebot und meine Schnelligkeit, mit der ich einwilligte. Aber an diesem Tag fühlte ich mich wieder einsam und wollte noch nicht nach Hause. Es kam mir gerade recht, die Atmosphäre eines gemütlichen Lokals einzuatmen, und wenn es mir gefiel – mich zu betrinken. Wir plauderten über allerlei, bestellten dann und wann einen Whisky, und irgendwann landeten wir bei ihr zu Hause. Sex war zu dieser Zeit nicht gerade meine Stärke, aber sie nahm es mit Humor. Als ich am nächsten Morgen aufwachte, war das Zimmer rosa erhellt vom Licht der Morgensonne. Sie saß am Fenster und hatte mir den Rücken zugewandt.

Ich setzte mich auf.

„Wie spät ist es? Ich habe deinen Namen vergessen – entschuldige"

„Neun … und mein Name ist Ruth, und du warst gestern offensichtlich zu betrunken um ihn dir zu merken."

Ich fühlte mich noch immer betrunken. Meine Haare standen wirr vom Kopf, und meine Stimme klang flach und tonlos. Ich war von mir selber und meinem Aussehen peinlich berührt, und die ganze Situation paßte nicht zu mir. Sie war hübsch und sie gefiel mir, und langsam begann ich mich auch wieder zu erinnern. Sie war nicht irgendein Mädchen, sondern kam aus einer begüterten Bremer Bankiersfamilie, eigentlich zu schade für einen One-Night-Stand, und plötzlich begann sie zu lachen und ihre Augen blitzten.

„Du denkst sicherlich … doch da war nichts … wir hatten *beide* zu viel getrunken …"

Ihre lockere Art, damit umzugehen, gefiel mir, und von da an trafen wir uns regelmäßig und immer öfter. Es war nicht nur ihr Aussehen, ihre Ausstrahlung und ihre

Fröhlichkeit, die mich anzogen – nein –, auch weil ich merkte, daß wir denselben Erziehungshintergrund hatten, der es für uns beide wichtig machte, beruflich erfolgreich zu sein und unser Vermögen zu vermehren. „Die Frau und die Kuh sollten aus demselben Dorf stammen", sagen bei uns die Bauern auf dem Lande, und damit ist wohl gemeint, daß es bei dieser Verbindung keine Anpassungsschwierigkeiten geben sollte.

Wir heirateten ziemlich bald und blieben im Haus meiner Eltern wohnen. Sehr häufig waren wir ohnehin nicht zu Hause, denn fast täglich waren wir eingeladen oder luden Geschäftsfreunde zum Essen ein.

So wurden wir auch zu einem interessanten Paar in der Wirtschaftswelt. Wir führten eine gute Ehe, so dachte ich, wurden immer wohlhabender, unser Vermögen wurde immer größer, und wir gaben uns glücklich.

Eines Tages sagte Ruth zu mir:

„Wir sollten ein Kind haben."

„Wenn du es willst?"

„Du nicht?"

„Ich habe darüber noch nie nachgedacht. Möchtest du dich zurückziehen aus dem Bankwesen?"

„Durchaus nicht – traust du mir nicht zu, beides zu bewältigen?"

Sie lächelte – es war ein anderes Lächeln als sonst. Schelmisch aber doch zart, und ihre Augen wechselten zu jener dunkelgrünen Farbe, die sie immer bekamen, wenn es ihr gelungen war, mich zu überraschen. Und in diesem Augenblick wußte ich, daß ihre Fragen keine Fragen mehr waren, sondern bereits eine Tatsache beinhalteten, nämlich: Ruth war bereits schwanger und wußte nur nicht, wie sie es mir sagen sollte.

„Wir bekommen demnächst ein Kind", sagte ich daher bestimmt.

„Ja, und ich freue mich sehr darüber. Du auch?"

Ich nahm sie in die Arme.

„Natürlich, und wie", und drückte sie zärtlich an mich. Aber in mir war keine Freude zu spüren. Seit dem Zeitpunkt, wo ich erfahren hatte, daß ich ein Adoptivkind bin, hatte ich jeden Zugang zu diesem Thema verloren. Zu lange Zeit hatte ich benötigt, um die Erinnerung daran auszulöschen; jetzt wurde alles wieder berührt, kam wieder hoch. Der Wunsch zu erfahren, wer ich bin, wer mein Vater und meine Mutter sind und ob sie noch am Leben wären, saß noch immer tief wie ein Stachel in meiner Haut.

Ruth als Mutter zu sehen, zwang mich, meine Mutter zu sehen, und ich hatte Angst davor, mir diese Frau mit zwei kleinen Babys am Arm vorzustellen. Vorzustellen, wie sie einen davon – nämlich mich – *dem* Vater in den Arm legte, vielleicht dabei sogar weinte oder emotionslos froh war, daß sie für uns einen „Abnehmer" gefunden hatte.

Für Ruth verlief die Schwangerschaft problemlos. Sie ging weiterhin ihren Geschäften nach, nahm auch am gesellschaftlichen Leben teil und organisierte den Umbau des Hauses. *Die* Eltern, in deren Haus wir noch immer wohnten, beschlossen, in das obere Stockwerk zu ziehen, um ungestörter zu sein, und das ehemalige Damenzimmer *der* Mutter sollte das neue Kinderzimmer werden.

Tagelang befanden sich Handwerker im Hause, Tapeten und Beleuchtung wurden ausgetauscht, neue Möbel kamen an, und Ruth befand sich in einem wahren Gestaltungsrausch.

Ich ließ sie gewähren. So hatte ich genug Freiraum, ungestört meinen Plänen nachgehen zu können und das Kinderthema an mir vorbeiziehen zu lassen wie eine Sache, die zwar zum Leben dazugehörte, in dem ich jedoch nicht eine „tragende Rolle" einzunehmen gedachte.

Es war ein wunderschöner Frühlingstag, an dem Ruth unser Kind zur Welt brachte. Es war ein Mädchen, was mich schon ein wenig erleichterte – wenigstens blieb es mir erspart, Vater eines Buben zu sein –, und wir beschlossen, ihr den Namen „Lilli" zu geben.

Dank *der* Mutter konnte Ruth auch bald wieder ihre geschäftlichen Kontakte aufnehmen, ohne jedoch dabei unsere kleine Tochter zu vernachlässigen. Ich bewunderte sie, wie sie es schaffte, zwischen diesen beiden Welten – Mutterschaft und Busineß – hin und her zu pendeln, so, als ob sie es immer schon getan hätte.

Für Lilli nahm sie sich sehr viel Zeit. Es war ihr wichtig, ihre Talente und Interessen zu fördern und sie dabei trotzdem Kind bleiben zu lassen.

Ich hätte keine bessere Frau finden können, um eine Familie zu gründen.

Mir war es nicht leicht gefallen, mit Lilli in Kontakt zu kommen. Meine Scheu, sie als Baby in den Arm zu nehmen, wurde von Ruth als übliche Männerbeziehungslosigkeit zu kleinen Wesen bezeichnet. Doch ich wußte, der wahre Grund war:

Ich wollte dieses Bild meiner Mutter, mit mir im Arm, das ich so erfolgreich verdrängt hatte, nie mehr hochkommen lassen.

Ein paar Jahre später wurde *der* Vater krank, und *die* Mutter saß täglich an seinem Krankenbett, wachte über ihn, hielt seine Hand und ließ sie nicht mehr los. So hat sie ihn über Wochen friedlich ins Sterben begleitet und die Zeit genützt, von ihm Abschied zu nehmen. Es war eine stille Liebe zwischen beiden gewesen, die ich nie so bemerkt hatte. Ob meine richtigen Eltern sich auch so geliebt hätten?

Einige Wochen nach seinem Tod kam sie eines Tages in mein Arbeitszimmer und legte ein Kuvert auf meinen Schreibtisch.

„Das habe ich in seinen Unterlagen gefunden. Ich habe nichts davon gelesen, so wie nichts darüber gesprochen wurde, solange wir beisammen waren."

Schweigend blieb sie noch eine Weile vor mir stehen, um dann, als ich nichts sagte und das Kuvert da liegen ließ, wo sie es hingelegt hatte, langsam das Zimmer zu verlassen.

Jetzt erst nahm ich es in die Hand – es war nicht verschlossen. Vater hatte sich nicht die Mühe gemacht, es zu verschließen, weil er Mutter kannte.

Ein Zettel befand sich darin – es war ein Wäschezettel, wie man ihn in einer Wäscherei erhält. Oben stand gedruckt „Heim Wienerwald, Feichtenbach – Wäscherei", danach sorgfältig aufgelistet:

Rückgabe – 2 Kinderhemdchen, 4 Höschen, 2 Häubchen, 8 Stoffwindeln und darunter eine Unterschrift: Hanna Bachler.

Eine geraume Weile ließ ich diesen vergilbten Wäschereischein vor mir auf dem Schreibtisch liegen – ihn immer wieder fixierend –, kaum in der Lage, ihn zu berühren. War das das einzige Vermächtnis, der einzige Hinweis auf meine Mutter? Warum sonst sollte ihn *der* Vater aufbewahrt haben?

Ich steckte den Zettel wieder zurück in das Kuvert und legte es ganz zuunterst in den Safe.

Dann ging ich in Lillis Zimmer und nahm zum ersten Mal meine Tochter fester in die Arme, drückte und küßte Sie. Ich hatte jetzt eine eigene Familie, und auch wenn ich ab und zu den kleinen Wäschezettel hervorholte, vor mich hinlegte und ihn anstarrte, um ihn danach wieder in den Safe zurückzulegen, unterdrückte ich meinen Wunsch nach weiteren Nachforschungen. Was sollte mir der Zettel schon sagen können? Es war soviel Zeit vergangen! Sicherlich gab es keine Personen mehr, die dazu Auskunft hätten geben können, wozu also sich nochmals wehtun? Damals, als ich erfuhr, daß ich ein Adoptivkind war, hatte ich eine Erschütterung erfahren, die mich für den Rest meines Lebens aus den Fugen brachte. Man hatte mir meine richtigen Eltern verschwiegen, aus was für Gründen auch immer. Es war Zeit für eine Neuorientierung ... aufzuhören zu versuchen, den Weg in die Vergangenheit zurückzuverfolgen.

Eines Tages traf ich mit einer kleinen Verspätung in meinem Büro ein. Ich wurde bereits erwartet. Ein junger Mann trug wieder einmal ein interessantes Projekt vor und erwartete von mir Unterstützung dabei. Er hatte ein

Computerprogramm entwickelt, mit dem es ganz einfach war, Spitäler mit ähnlichen medizinischen Schwerpunkten zu vernetzen, sodaß auf eine gemeinsame Datenbank zugegriffen werden konnte, ohne jedoch die Privatsphäre der Patienten zu gefährden. Die Idee gefiel mir. Ich beschloß daher, das Projekt zu fördern – nicht aus purer Selbstlosigkeit, wie sich verstand, sondern weil ich das richtige Gespür dafür hatte, daß sich bei dieser Sache bald Erfolg einstellen sollte.

Bis jetzt hatte mich mein Gefühl noch nie im Stich gelassen.

Auch gefiel mir der junge Mann, und ich betrachtete ihn wohlwollend. Schlanke Figur, hübsches jugendliches Gesicht – gar nicht verlebt, wie man die jungen Leuten heute zu Gesicht bekommt –, korrekt gekleidet, aber nicht overstyled und in seiner Ausdrucksweise kompetent und präzise.

So einen Mann stelle ich mir einmal für meine Tochter vor, dachte ich und beschloß, ab einem bestimmten Zeitpunkt die Erziehung von Lilli nicht mehr ausschließlich Ruth zu überlassen.

Wenn ich Lilli von der Schule abholte, erzählte ich ihr immer von meinem Arbeitstag, den Geldgeschäften und den Gewinnen, die ich daraus machte, und sie hörte mir aufmerksam zu.

„Und wozu brauchst du immer mehr Geld, Vater?“

„Damit ich jungen Menschen helfen kann, ihre Ideen zu verwirklichen.“

„Und wenn die Idee nicht gut ist?“

„Dann bekommen sie von mir kein Geld.“

„Aber vielleicht ist die Idee erst viel später gut, und du weißt es noch nicht?“

„Du kannst sicher sein – dein Vater weiß, ob eine Idee gut ist oder nicht!“

Lilli schwieg, schaute nachdenklich, aber sie sagte nichts mehr.

Wußte ich es wirklich immer? Meine Entscheidung traf ich doch eher danach, in wie kurzer Zeit ich wieviel Gewinn herausholen könnte. Wenn ich zwischen zwei Investitionen wählen mußte, war nicht die Qualität der Idee entscheidend, sondern welche von beiden den höheren Profit brachte. Der Gewinn, das, was ich rausholen konnte aus dem Geschäft, war das einzige, das für mich zählte. Nie hatte ich auch nur darüber nachgedacht, ob auch der soziale Faktor eine Rolle spielen sollte.

Ich war hart geworden, unbeugsam, und ich sah es als Privileg, das ich einem jungen Bewerber gewährte, wenn ich ihn empfing. War es das Nichtkennen meiner Herkunft, meiner Eltern, meiner Mutter, daß ich alles Weiche, Gefühlvolle, Soziale ablehnte?

Scheinbar war meine Tochter der einzige Mensch, der Wärme in mir erzeugen konnte.

Immer öfter holte ich sie von der Schule ab und nahm mir die Zeit, mit ihr Essen zu gehen. Ich führte sie in die feinsten Lokale der Stadt, damit sie ihre Scheu vor der unzähligen Anzahl von Gabeln, Messern und Löffeln, die vor ihr lagen, verlor.

Später, als sie schon etwas älter war, gingen wir gemeinsam segeln. Nur wir zwei. Dabei erzählte sie mir von ihren Eroberungen an der Uni und von ihren Freunden.

Sie brachte mich oft zum Lachen und dazu, ihr von meinen geheimen Gedanken zu erzählen.

„Warum kaufst du dir das Boot nicht, wenn du dir damit einen Traum erfüllen kannst?“ fragte sie mich eines Tages.

„Später – wenn ich genug Zeit habe, dann werde ich mir so ein Boot kaufen und drei oder sechs Monate damit unterwegs sein. Keine Anzüge, keine Krawatte, kein feines Abendessen, kein Radio – einfach nur ich mit mir … aber bis dahin habe ich mit meiner Tochter noch vieles vor … “

Sie schubste mich ins Wasser, und ich spritzte sie mit beiden Händen so naß, bis ihr das Wasser aus den Haaren rann, und sie erbost schimpfte und lachte und wieder schimpfte.

Es war schön, eine Tochter zu haben.

Ich lernte ihr strategisches Schachspielen und ebenso, wie man mit der Schnelligkeit eines Computerspieles zurechtkommt. Ab und zu wurde ich im Gegenzug von ihr sogar zum Kleiderkauf mitgenommen, was bei Ruth oft etwas Verwunderung hervorrief.

„Ich bewundere deine Geduld, die du aufbringst, um mit ihr durch die unmöglichsten Viertel zu streifen, für irgendein verrücktes Teil, von dem man oft nicht weiß, wie man es trägt“, lachte sie oft.

Ich wußte aber, daß sie insgeheim froh war, daß ich ihr vieles abnahm, und sie dadurch wieder mehr Zeit für ihre geschäftlichen und gesellschaftlichen Tätigkeiten hatte. Meine guten Erfolge im Investment riefen auch internationales Interesse und versteckte Bewunderung hervor, und so geschah es, daß ich eines Tages zu Vorträgen an die Uni eingeladen wurde, um über meine Tätigkeit und meine Strategien zu sprechen.

Die aufmerksamste Zuhörerin war schon damals meine Tochter Lilli.

Sie hatte begonnen, Jus zu studieren, aber immer, wenn sie zwischen den Vorlesungen Zeit fand, und ich gerade einen Vortrag hielt, saß sie im Hörsaal – am liebsten in der ersten Reihe, um mir unbemerkt zulächeln zu können – und dabei lauschte sie meinen Argumenten, so als höre sie sie zum allerersten Mal.

Mit der Zeit kam sie immer öfter in mein Büro, ließ sich dies und das genau erklären, fragte nach meinen neuesten Errungenschaften und wollte wissen, ob mir wieder ein gewinnbringendes Geschäft damit gelungen war. Ein andermal wiederum wollte sie, daß ich ihr die Projektunterlagen zeigte und ihr erklärte, warum gerade dieses Projekt und nicht jenes andere ausgewählt wurde, und schon bald waren wir in ein intensives Gespräch verwickelt, das oft bis in die Nacht hinein dauerte.

Ich war sehr stolz auf Lilli, auf ihr Aussehen, ihren Intellekt und auch auf ihre raffinierte, charmante Art, mich immer wieder um den Finger zu wickeln.

Ruths Bankgeschäfte interessierten sie nicht – sie fand sie langweilig und spießig, und Ruth fand Lilli chaotisch und impulsiv, daher ohnehin nicht geeignet für das reglementierte Bankgeschäft – und für mich war diese Entscheidung eine Bereicherung.

Eines Tages überraschte sie mich mit dem Vorschlag, sie in meine Entscheidungen einzubinden.

„Du studierst Jus und nicht Handelswissenschaften", lachte ich.

„Und das ist dein Argument dafür, ob deine Entscheidungen von besserer Qualität sind als meine?"

Sie blitzte mich aus ihren graublauen Augen intensiv an.

„Wir machen ein Spiel daraus", warf sie mir entgegen, worauf ich nur den Kopf schüttelte.

„Warte, warte, du hast mir noch nicht komplett zugehört! Es heißt Top oder Flop. Wenn ich anders entscheide, als du entschieden hättest, und damit Erfolg habe – gehören mir 10 Prozent des erwirtschafteten Profites."

Ich tat weiterhin desinteressiert und schwieg noch immer.

„... und wenn ich einen Flop gewählt habe (hier machte sie eine kleine Kunstpause), verdopple ich die Anzahl meiner abzulegenden Uni-Prüfungen in einem Jahr, bin somit schneller mit meinem Studium fertig, und koste dich weniger."

„In der Tat ein interessantes Angebot", bemerkte ich schmunzelnd, „es käme auf einen Versuch an, jedoch, wenn du die Geschäftstüchtigkeit deiner Eltern gebündelt hast, habe ich die Befürchtung, daß Mutter und ich bald am Hungertuch nagen, und du ein reiches, begehrtes Mädchen bist."

Sie lachte und legte beschützend den Arm um mich. „Denk wenigsten darüber nach, bitte!"

Das machte ich in den nächsten Tagen, und die Idee begann mir immer mehr und mehr zu gefallen.

Von da an beschloß ich, sie immer mehr bei meinen Besprechungen hinzuzuziehen, band sie öfter in meine

Entscheidungen ein und überließ ihr kleinere Projekte und Investments, die sich – wie sich später herausstellte — tatsächlich zu einem guten Geschäft entwickelten. Meine Tochter hatte meinen Instinkt geerbt, und ich war sehr stolz auf sie.

Es war stets ein zähes Ringen zwischen uns. Kaum mußte sie sich bei einer Auswahl geschlagen geben, versuchte sie mich erneut herumzukriegen, um mich für ihre nächste Auswahl zu begeistern.

Eines Tage wurde ich nach Wien an die Wirtschaftsuniversität eingeladen, zwei Vorträge über „Förderung innovativer Forschungs- und Entwicklungsprojekte von Jungunternehmern" zu halten, und ich beschloß, Lilli mitzunehmen.

Ruth versprach, in ein paar Tagen nachzukommen, damit wir gemeinsam einen Kurzurlaub in Wien verbringen können. Die Lösung – an einen geschäftlichen Auftrag im Ausland ein paar Tage anzuhängen – hatte sich in der Vergangenheit immer sehr gut bewährt. Wir waren alle beisammen, unternahmen etwas gemeinsam und lebten einen normalen Familienalltag, wie er bei uns zu Hause eher selten möglich war.

Wien war eine ganz bezaubernde Stadt. Während des Tages war ich zwar ziemlich ausgelastet, aber abends bummelten wir drei gemeinsam durch die Altstadt, suchten nach kleinen versteckten Lokalen, wo wir typische Wiener Küche fanden, und beendeten den Tag meist in einer kleinen Bar mit Live Musik im sogenannten Bermuda Dreieck.

Am letzten Tag unseres Aufenthaltes überraschte uns Lilli mit der Idee, für ein Jahr nach Wien zu ziehen.

„Was ist mit deinem Jus-Studium?" war meine erste Frage.

„Das wird in diesem Sommer fertig", antwortete sie bestimmt.

„Und dann – das sind deine eigenen Worte Vater – sollte man ein Auslandspraktikum machen. Ich könnte hier in Wien auch einige Seminare an der Wirtschaftsuniversität belegen, denn ich habe nicht vor, mich in Richtung Strafrecht, sondern in Wirtschaftsrecht zu spezialisieren. Dagegen könnt ihr einfach keine Einwände haben – oder?"

Dabei sah sie auch ihre Mutter an.

„Und da es keine sinnvollen Einwände geben kann und gibt, sollten wir diesen Entschluß jetzt mit einer Torte und einer Melange – nach alter Wiener Tradition – besiegeln." Und damit hakte sie sich bei uns beiden unter und zog uns um die Ecke Kärntner Straße Richtung Hotel Sacher.

Abends, als ich neben Ruth im Bett lag und wir darüber noch länger sprachen, wußten wir, daß wir Lilli ihren Weg gehen lassen müßten – auch wenn es uns noch so schwerfiel.

Es würde ja nicht für immer sein.

„Spätestens in einem Jahr ist sie ja wieder zu Hause und vermißt ihre Bremer Freunde", sagte Ruth, und ich nickte; aber ich kannte meine Tochter, und war mir dabei nicht so sicher.

Der Tag, an dem Lilli nach Wien abreiste, brachte, trotz aller Vorbereitung darauf, einen schweren Abschied für uns. Nachdem wir alles Notwendige besprochen hatten – wir hatten eine kleine Mietwohnung in der Josefstadt für sie ausfindig gemacht –, saßen wir noch lange gemeinsam auf der Terrasse unseres Hauses, sprachen über Banalitäten und taten so, als würden der nächste Tag und die nächsten Wochen wie immer verlaufen – nur daß Lilli nicht mehr dabei sein würde, wurde diskret vermieden zu erwähnen.

Und sie blieb vier Jahre in Wien.

Mehrmals im Jahr kam sie nach Bremen, um uns zu besuchen, erzählte uns voll Begeisterung, welche Möglichkeiten Wien bot, und wie toll das kulturelle und gesellschaftliche Leben dort sei, und es schien, als wollte sie uns mit der Idee vertraut machen, nicht sobald nach Hause zurückzukehren.

Manchmal nahm ich auch Mutter mit nach Wien. Sie war wieder zu *meiner* Mutter geworden, und die leibliche wurde zu *der* Mutter. Dies schien mir gerechter der Frau gegenüber, die mich all die Jahre so liebevoll großgezogen hat.

Mit *der* Mutter hielt ich ab und zu in meinem Herzen noch immer Zwiesprache, ständig fragend nach dem Warum und Wo …

Und dann war da noch der Verbleib meines Zwillingsbruders …

Ich konnte nie vergessen, daß ich einen Bruder hatte, von dem ich getrennt wurde, und der jetzt irgendwo lebte. Wie mag sein Leben verlaufen sein? Hatte man auch ihm erzählt, daß er nicht an jenem Ort geboren wurde, der in seiner Geburtsurkunde steht?

Und *meine* Mutter? Ob sie in ihrem Leben je an das Schicksal meines Zwillingsbruders gedacht hatte?

Während der Fahrt, wie meine Mutter neben mir saß, und ich sie verstohlen ansah, konnte ich kaum glauben, daß diese kleine, in sich zusammengesunkene Person seinerzeit einen so großen Haushalt mit strenger Hand geführt hatte. Bei unserem Personal war sie gefürchtet gewesen, denn ihre scharfen Augen hatten stets erkannt, sogar noch in der Dämmerung, wenn etwas liegengeblieben oder nicht an seinem Platze war.

Sie hatte von Ordnung im Leben eine feste, strenge Anschauung. Sobald sie jedoch meinen Vater ansah, entspannten sich ihre Züge, wurden weich, und es war, als fiele eine Maske ab, und in ihren blauen Augen entdeckte ich ein zärtliches Lächeln, das mich immer miteinschloß.

Sie liebte uns eben beide …

Eigenartig – nie hatte ich bisher das Bedürfnis, über *meinen* Vater nachzudenken. Er war als Person noch weniger greifbar als *die* Mutter. Wahrscheinlich weil von *der* Mutter vermutlich ein alter Wäschereizettel existierte, während die Identität *des* Vaters für immer unbekannt bleiben würde. War er auch ein Offizier? Hatte er, außer uns, noch andere Kinder gezeugt? Es gab Monate, da wollte ich von meiner Herkunft, der Vergangenheit und deren Aufklärung nichts mehr wissen; dann wiederum gab es Zeiten, da spürte ich den Drang, wieder nachzuforschen und hatte doch Angst vor dem, was ich finden würde.

Und ich vermißte Lilli, meine Tochter, meinen vertrauten Gesprächspartner. Zwar hatte ich mich inzwischen daran gewöhnt, die Entscheidungen für meine Geschäfte wieder alleine zu treffen, aber es war sehr ruhig geworden in unserem Haus.

Ruth und ich verstanden uns noch immer prächtig, und unser Leben verlief jetzt gleichmäßiger und ruhiger als früher. Was unserer Ehe und Zweisamkeit guttat, gab mir andererseits zuviel Zeit zum Grübeln und Nachdenken. Es war also an der Zeit, mich wieder intensiver im Geschäftsleben zu engagieren, obwohl wir es finanziell nicht mehr nötig hatten. In den letzten Jahren hatte sich unser Vermögen dermaßen vermehrt, daß wir uns bequem zur Ruhe setzen hätten können.

Auf meinem Schreibtisch stapelten sich noch immer zahlreiche Bewerbungen für finanzielle Beteiligungen. Unter den vielen Angeboten befand sich ein interessantes Grundstück mit mehreren darauf befindlichen Gebäuden. Und da es in Österreich lag, wurde es von mir, wahrscheinlich Lillis indirekter Beeinflussung wegen, bevorzugt bearbeitet.

Es war ein ehemaliges Hotel, irgendwo da unten in Niederösterreich, und sehr günstig zu erwerben.

Das Haus, mit angebautem Hallenbad, so schien mir, war wahrscheinlich technisch nicht mehr in bestem Zustand, aber der Grundbesitz von ca. 35 Hektar, sogar mit eigenem Waldbestand, klang interessant. Daraus ließe sich sicherlich etwas machen. Ich dachte eventuell an eine Senioren-Residenz oder ein Kindererholungsheim, sah mir die Pläne und Fotos noch näher an, und was ich sah, gefiel mir immer besser.

Schon war ich so in die Beschreibung des Hauses vertieft, daß ich Zeit und Umgebung vergaß, und erst als Ruth bereits zum dritten Male bei der Tür hereinguckte und auf ihre Armbanduhr zeigte, machte ich die Mappe zu, stand auf und ging zum Safe, um die Unterlagen hineinzulegen.

Feichtenbach – ging es mir plötzlich durch den Kopf – der Name stand doch auch auf dem Wäschereizettel …

Rasch suchte ich im Safe nach dem Kuvert, steckte es in die Mappe zwischen die Beschreibung des Hauses, und legte alles wieder zurück auf meinen Schreibtisch.

Nach dem Abendessen ging ich sofort wieder in mein Büro und blieb die ganze Nacht dort, um die Unterlagen, Pläne und die Beschreibungen des Hauses zu sichten.

Ich wußte jetzt, daß ich ein ehemaliges Lungensanatorium kaufen würde, welches nach dem Einmarsch Hitlers in Österreich von der SS beschlagnahmt worden war. Himmler hatte damals ein Lebensborn-Heim daraus gemacht.

Natürlich wußte ich, was in den Lebensborn-Heimen geschehen war, und ich erinnerte mich wieder, was Vater mir seinerzeit erzählt hatte, von der Frau, die ihre beiden Kinder weggeben hatte müssen. Er hatte sie aus diesem Heim nach Steinhöring mitgenommen, und er hatte einen Zettel aus der Wäscherei mit dem Namen Hanna Bachler hinterlassen.

Hatte sich hier eine Spur in meine Vergangenheit ergeben? War diese Hanna Bachler meine richtige Mutter? Wer war Hanna Bachler?

Am nächsten Morgen beauftragte ich meine Anwaltskanzlei, das ehemalige Gewerkschaftsheim – ehemals Sanatorium Wienerwald – zu kaufen.

Ruth sagte ich zunächst nichts davon. Der Wunsch, es zu besitzen, war drängender in mir geworden, als der Wunsch, etwas daraus zu machen. Ich wollte die Wahrheit wissen. So viele Jahre hatte es gedauert, mir diesen Schutzschild aufzubauen, zu akzeptieren, daß ich bin, der ich bin, und daß meine leiblichen Eltern für mich keine Bedeutung mehr hätten. Jetzt fühlte ich mich stark genug, nach der Wahrheit zu suchen und sie zu ertragen. Sollte ich wirklich dort geboren worden sein, wäre nun die Gelegenheit, etwas darüber zu erfahren. Vermutlich würde ich weiterhin schweigen. Nur Gewißheit wollte ich haben – mußte ich haben –, damit ich endlich zur Ruhe kommen konnte. Finanziell konnte ich es mir ohne weiteres leisten, ein Objekt längere Zeit ohne Gewinn liegen zu lassen. Nur jetzt nicht übereilt handeln – nur keine zu schnelle Entscheidung treffen …

Viel zu schnell war plötzlich Weihnachten da.

„Es gibt eine Überraschung“, sagte mir Lilli am Telefon. „Ich komme schon früher und bleibe dafür länger.“ Und dazu lachte sie erfrischend fröhlich.

„Vorbereitung – bitte!“

„Na gut, aber nur ein wenig. Ich bringe jemanden mit … darf ich?“

„Nun – du hast wohl schon entschieden, und Mutter und ich freuen uns natürlich“.

Ich wußte sofort, es konnte sich nur um einen Mann handeln.

Ruth tat – als ich es ihr erzählte – zunächst ein wenig erstaunt, daß sie uns nicht schon früher davon unterrichtet hatte, war aber mit den Weihnachtsvorbereitungen, Gästelisten und Einladungen so beschäftigt, daß sie es wohlwollend und kommentarlos zur Kenntnis nahm.

Sie kamen bereits eine Woche vor Weihnachten in Bremen an. Ein regnerischer windiger Tag empfing sie – keine Spur von weihnachtlicher Stimmung.

Doch meine Tochter kam ins Wohnzimmer geflogen – ein Wirbelwind wie immer –, und ich sah sie an:

Gut sah sie aus! Eine junge, hübsche, lebhafte Frau, an ihrer Hand ein großer, schlanker junger Mann, mit dunklen melancholischen Augen und strohblondem, gewellten Haar.

„Hübsch ist er wenigstens“, dachte ich, „paßt gut zu ihr, hoffentlich nicht zu ruhig.“

Sein Händedruck war kurz und kräftig, und seine Stimme angenehm, als er sagte:

„Guten Tag – ich bin Jakob.“

5. KAPITEL

Jørgen-Nils (Jürgen), 1942–2003

Jørgen erwachte eine Stunde früher als sonst, denn ein Sonnenstrahl fiel durch den geschlossenen Fensterladen, direkt auf sein Kissen, auf seine geschlossenen Augen. Er sprang schnell aus dem Bett, lief zum Fenster und öffnete es: aquamarinfarbig, hellblau – dunstig schimmerte das Meer, und darüber die Unendlichkeit des blauen Himmels. Ein paar Möwen schaukelten auf dem Wasser und riefen die darüber kreisenden zu einem gemeinsamen Wellenbad. Der sanfte Wind zerrte an seinem Hemd, und er zog es über den Körper und lief, nur mit bloßen Füßen und Badeshort bekleidet, hinunter über die Stiegen, hinaus bis zu den sanften Dünen.

Es roch salzig, nach Seetang und nach Fischen.

Er liebte das Wasser, wie es zart kräuselnd seine nackten Zehen umspülte. Manchmal, wenn man sich ganz ruhig verhielt und nicht bewegte, kamen kleine Krebse aus dem Sand. Sie blieben abwartend sitzen, um dann bei der kleinsten spürbaren Bewegung ins nächste Sandloch zu flüchten und sich darin zu verkriechen.

Als er noch ein Kind war, hatte er großen Spaß daran gehabt, mit den Krebsen um die Wette zu laufen. Immer wieder hatte er versucht, das Sandloch vor ihnen zu erreichen, was natürlich niemals gelang.

Er sah zurück zum Haus.

Es war nicht sehr groß, aber von Großmutter liebevoll eingerichtet, obwohl es von der Familie nur als Ferienhaus benutzt wurde. Eigentlich schade, denn es lag ganz einsam am Strand, ohne Nachbarn und ohne Zufahrtsmöglichkeit, der ideale Platz zum Ausspannen und Abschalten.

In der Stadtwohnung in Tønder zu leben, war zwar sehr angenehm, da sie groß und um vieles leichter erreichbar war, aber er bevorzugte das kleine Haus am Meer.

Es lud so herrlich zum Träumen ein.

Hier war es, wo seine Mutter das erste Mal seine Füßchen ans Ufer stellte und er unsicher im Sand dahinwackelte – staunend, daß dieses gelbe Naß unter ihm nachgab und seine Zehen krümelig füllte.

Und hier war es, wo sein Vater ihm von der Meerjungfrau erzählte, mit lieblichem Gesicht und märchenvollen Augen und einem menschlichen Leib bis zur Hüfte – dessen Schönheit in einem Fischleib endete. An Land fiel ihr Fischleib von ihr ab, und sie wurde eine vollkommene Frau, die durch ihre Schönheit die Männer betörte und ins Wasser lockte.

Er hob seine Augen und sah in die Ferne: weit, weit niemand, nur ein Fischerkahn war zu sehen.

Viele sehnen sich ihr Leben lang nach Bergen und Wäldern, sie könnten wahrscheinlich der Einförmigkeit der dänischen Landschaft nichts abgewinnen. Für ihn war es der einzig lebenswerte Ort der Welt.

Er ging zurück ins Haus. Neben seinem Bett stand noch die blaue Reisetasche, die er gestern nach seiner Ankunft hingestellt hatte. Seine Sachen waren noch nicht ausgepackt. Langsam öffnete er den Verschluß, entnahm ein Kleidungsstück nach dem anderen und hängte es in den geöffneten Schrank. Dabei lächelte er und dachte an seine Verabredung heute Abend.

Heute war ein besonderer Tag.

„Ich habe ein besonderes Mädchen eingeladen – und ich werde sie wahrscheinlich heiraten, ganz bestimmt!“ dachte er.

Es war für ihn wie ein Wunder, daß sie die Einladung angenommen hatte – so wie er seinerzeit überrascht war, daß sie überhaupt mit ihm gesprochen hatte und später sogar mit ihm ausgegangen war. Er war kein ausgesprochener Frauentyp und tat sich schwer, den ersten Schritt zu tun. Natürlich, es ergaben sich für junge Leute auf der Uni viele Möglichkeiten, Kontakte zu knüpfen; meist hielten sie aber nicht lange.

Alma hatte er bei einer antiquierten Nachmittags-Tee-Einladung kennengelernt; dies entsprach auch mehr seiner romantischen Vorstellung, sich zu verlieben. Ihre Mutter, hatte diese Tradition – welche so gar nicht der dänischen Lebensweise entsprach und an der seine Tante gerne teilnahm – eingeführt. Einmal im Monat kamen die Damen zusammen, um gemeinsam Tee zu trinken, englisches Gebäck zu verkosten und sich über Kunst und Kultur auszutauschen.

Wie Alma in diesen Kreis hineinpaßte, durchschaute er anfangs nicht. Sie war gerade dabei, das Teegeschirr in die Küche zu tragen, als er vor der Tür stand, um seine Tante abzuholen.

„Jetzt dürfen Sie nicht stören“, sagte sie, „es wird gerade aus einem Gedichtband vorgelesen, und die Damen …“ Und dabei zog sie ihre Schultern hoch und lächelte schelmisch: „ … wollen dabei keinesfalls gestört werden."

„Nun, dann erwarte ich, daß Sie mir Gesellschaft leisten", sagte er frech und selbst überrascht über seinen Mut. Wahrscheinlich war sie das Dienstmädchen hier und gewöhnt daran, daß junge Männer freche Forderungen stellten.

Sie deutete ihm, ihr in die Küche zu folgen und die sich dort stapelnden Teller und Schalen zur Seite zu schieben, sodaß sie das Serviertablett absetzen konnte. Dann ließ sie sich auf einem der Küchensessel nieder und zeigte mit einer Handbewegung auf den danebenstehenden.

Langsam zündete sie sich eine Zigarette an, und ihre Augen musterten ihn interessiert, während sie ihm den Rauch ins Gesicht blies.

„Ich eigne mich nicht als Gesellschafterin", sagte sie plötzlich, „was nicht bedeutet, daß ich Mutters Engagement nicht schätze."

„Ich bin auch sehr froh, daß meine Tante daran teilnimmt."

Er begann, sie genauer anzusehen. Natürlich war sie kein Dienstmädchen, dazu wirkte sie zu sehr gelassen und trotzdem elegant. Sie war perfekt geschminkt und modisch gekleidet. Ihr Gesicht wirkte sehr jung, obwohl sie vermutlich ein paar Jahre älter war als er.

„Sie lebt noch immer in ihrer Vergangenheit."

„Wer?"

„Mutter."

„Den Damen scheint es jedoch zu gefallen", erwiderte er.

„Ja, sie hat sehr viel zu erzählen – Geschichten vom Leben meiner Großmutter. Diese stammte ja aus einer sehr angesehenen, vornehmen Familie und hatte viel erlebt; zu Kriegsbeginn hat sie ihre Heimat verlassen müssen, aber das ist für Sie sicher nicht interessant."

Gerade als er das Gegenteil versichern wollte, öffnete sich die Tür.

„Ich störe euch nicht?" fragte plötzlich eine Stimme, und eine schlanke Frau stand in der Tür. Wie lange sie wohl schon zugehört hatte?

„Du störst nie – Mutter", sagte das Mädchen. Und er spürte, daß dies nicht bloß eine höfliche Floskel war, sondern die beiden eine ehrliche Zuneigung verband.

Sie war ihm sofort sympathisch, diese großgewachsene alte Dame in ihrem dunkelgrauen Spitzenkleid, welches ihre Figur zart umspielend betonte und dabei trotzdem nicht zu jugendlich wirkte – eine elegante Erscheinung. Beide Frauen hatten, für nordische Frauen untypisch, dichtes kastanienbraunes Haar und Augen, die wie Haselnüsse glänzten. Sie könnten nicht leugnen, daß sie Mutter und Tochter sind – dachte er.

„Wir bräuchten noch etwas Wasser, Alma. Bist du so lieb?"

Nun wußte er wenigstens ihren Namen. Alma – wie rund dieser Name von der Zunge rollte.

„Einen wunderschönen Namen haben Sie", sagte er, und gleich dazu: „Und ich würde Sie gerne wiedersehen. Vielleicht könnten wir zusammen schwimmen gehen?"

„Wie kommen Sie gerade auf schwimmen?" Sie hob dabei erstaunt ihre Augenbrauen. „Normalerweise werden Frauen doch zum Essen ausgeführt, oder in ein Konzert, oder was eben so üblich ist."

Er sah ihr an, daß sie überlegte, ob sie ihm eine Abfuhr erteilen sollte, aber soweit ließ er es gar nicht kommen.

„Sie – sind aber nicht üblich, und ich bin es auch nicht, daher könnten wir uns am Samstag an einem unüblichen Platz am Strand treffen, und keine Sorge, ich nehme auch einen Picknickkorb mit", sagte er selbstbewußt.

Es war sein Lächeln oder der Picknickkorb, der bewirkte, daß sie sich entschlossen hatte, ja zu sagen – er wußte es nicht, aber er hatte Erfolg damit.

Dies war vor einem Jahr gewesen. Danach hatten sie sich regelmäßig getroffen, und er hatte seine Tante immer öfter vom Teekränzchen abgeholt, meist zu früh, um dabei Gelegenheit zu haben, etwas länger mit Alma zu plaudern. Seinen Eltern erzählte er nichts von ihr, und auch sie verschwieg ihn den ihren; es war herrlich, eine unbeschwerte, unentdeckte Zeit miteinander zu verbringen und sich ohne äußere Einflüsse langsam näherzukommen.

Und heute war es das erste Mal, daß Alma zu ihm in dieses Haus kommen sollte, und sie ein paar Tage hier verbringen würden.

Den Sommer über hielt er sich besonders gerne auf Rømø auf. Jedes Jahr im Frühling und im Herbst gibt es hier die „schwarze Sonne". Über eine Million Stare sammeln sich zu dieser Zeit, um gemeinsam Ballett zu tanzen und den Himmel dabei so zu verdunkeln, daß man glaubte, die Sonne würde schwarz. Obwohl er das Spektakel schon jahrelang kannte, war es für ihn immer wieder ein großes spannendes Erlebnis, wie beim ersten Mal. Diesmal wollte er es zusammen mit Alma erleben.

Sie kam mit dem Wagen, mußte ihn aber etwas weiter weg vom Strand stehen lassen. Schon von weitem sah er, wie sie über den Sand hüpfte, und als es ihr zuviel wurde, ihn immer wieder aus den Sandalen rieseln zu lassen, zog sie diese aus – und ging barfuß weiter. Ihr Haar trug sie offen, der Wind blies es kreuz und quer über ihre Stirn, und sie versuchte, mit den Händen ihr Gesicht zu befreien.

Er ging ihr entgegen und nahm ihr die Reisetasche ab. Als sie das Haus betrat, spürte er sofort, daß auch sie sich hier wohlfühlte: die Art, wie sie die Einrichtungsgegenstände genau ansah, mit den Händen über die Tischkanten glitt und bemerkte, daß die Uhr in der Ecke richtiggestellt gehörte. Er spürte den Gleichklang, der sie verband, als sie später gemeinsam Hand in Hand den Strand entlanggingen und abends gemeinsam in der kleinen Küche das Abendessen zubereiteten, um sich dann spontan zu entschließen, dieses doch nicht im Haus, sondern draußen in den Dünen einzunehmen.

Sie saßen am Strand, schauten aufs Meer und in die dunkelgrau werdenden Wellen … beobachteten, wie lange sich die untergehende Sonne noch zartorange darin spiegelte. Sie lachten und erzählten Geschichten aus ihrer Kindheit, tauschten Jugenderinnerungen aus, bis sie dann – als es schon ganz dunkel war – wieder ins Haus zurückgingen, um einander zu lieben …

Es war, als müßte diese große Sehnsucht, welche schon seit einem Jahr in ihnen schlummerte, wieder und wieder gestillt werden.

Die gemeinsamen Tage vergingen wie im Flug, und bereits jetzt – obwohl sie noch zusammen waren – begann er, Alma schon zu vermissen. Bei diesem Mädchen war alles in gleichem Maß gepaart: Klugheit und Schönheit, Humor und Lebensfreude.

Mit ihr schien der Gedankenaustausch nicht nur im Gespräch zu funktionieren, sondern auch im Stillen.

Am letzten Abend sagte er ihr, daß er für immer mit ihr zusammenbleiben möchte.

„Meinst du altmodisches Heiraten?“ fragte sie.

„Ja, ich meine altmodisches Heiraten. Glaubst du, daß deine Mutter etwas dagegen hat, mich zum Schwiegersohn zu bekommen?“ grinste er.

„Meine Mutter nicht, aber vielleicht deine Eltern?“ sagte sie ernst werdend.

„Wieso sollten sie?

„Ich bin Halbjüdin ...“

„Deine Mutter ist Jüdin?“

„ ... und mein Vater war Däne“, vervollständigte sie. Und dann erzählte sie ihm die Geschichte ihrer Großeltern.

Es war zu Beginn des Zweiten Weltkrieges.

Der Großvater – ein international anerkannter und berühmter Lungenspezialist – hatte ein, über die Grenzen des Landes hinaus bekanntes Lungensanatorium in Österreich errichtet. Er und seine Frau waren in der Gesellschaft tonangebend und sehr beliebt, bis Österreich 1938 den Anschluß an Deutschland erlitt. Ziemlich bald begann die Hetze gegen Juden, und die Familie befand sich in großer Gefahr. Er wollte so schnell wie möglich seine beiden Töchter außer Landes und in Sicherheit bringen, und so kam es, daß ein ehemaliger Patient sich bereit erklärte, die Frauen nach Dänemark mitzunehmen und als seine Verwandten auszugeben. Eine der Töchter – ihre Mutter – hatte dann hier in Dänemark geheiratet, die zweite Tochter war später in die Schweiz gezogen. Almas Vater war ziemlich bald nach ihrer Geburt an einer Lungenentzündung verstorben.

Spiel des Schicksals?

Almas Großvater war ein weltbekannter Lungenspezialist gewesen und ihr Vater hatte an einer nicht erkannten Lungenentzündung sterben müssen?

Er schwieg eine Weile betroffen.

„Was wurde aus deinem Großvater?"

„Er wurde enteignet, das Sanatorium beschlagnahmt, dann wurde er von der SS nach Wien ins Landesgericht verschleppt und so lange verhört und geschlagen, bis er unterschrieb, daß er freiwillig verzichte. Meine Mutter hat seinerzeit versucht, über seinen weiteren Verbleib nachzuforschen, konnte aber nur in Erfahrung bringen, daß es ihm gelungen war, sich zu seinem Bruder nach Prag durchzuschlagen."

Er nahm ihre Hand in seine und begann sie – so als könnte er alles wieder gut machen – zart zu streicheln, und als sie im Redefluß zu stocken begann, fragte er leise:

„Und dann ..."

„Wir wissen es nicht. Nachrichten kamen damals nicht bis zu uns nach Dänemark durch. Du weißt ja – auch hier waren die Deutschen."

Er nickte. „Du solltest mit deinen Eltern darüber sprechen – bevor du mir nochmals einen Antrag machst", beendete sie.

„Meine Eltern haben nichts mit meiner Liebe zu dir zu tun, und es ist mir egal, welche Erwartungen sie an ihre künftige Schwiegertochter haben. Daß Vater vielleicht bedenken haben wird, weiß ich schon, denn er hat noch immer seine Probleme mit den Deutschen …"

Doch sie hörte ihm nicht mehr zu, sprang auf und lief zum Wasser, das jetzt ganz tiefschwarz vor ihnen lag. Es war bereits dunkel geworden, sie schlüpfte aus ihren Kleidern und lief, nackt wie sie war, in die dunklen Wellen. Er spürte, wie sein Herz hämmerte, kaum daß er Luft bekam und beinahe zersprang, so sehr begehrte er sie, und schnell streifte auch er sein Hemd und seine Shorts ab und lief ihr nach …

Am nächsten Morgen stellte er sich schlafend, als er hörte, wie Alma aufstand. Er wollte warten, bis sie im Bad war, um dann alleine auf die Holzveranda hinauszugehen und die Morgensonne auf seinen nackten Körper scheinen zu lassen. Noch hatte er Scheu davor, dies mit Alma gemeinsam zu tun.

Er liebte es, nackt zu sein, unbekleidet in den Dünen zu sitzen, den Sand auf seiner Haut zu spüren und in das Meerwasser einzutauchen, um dann auf dem feuchten, leicht gepreßten Sand zu liegen Das bedeutete für ihn Freiheit. Frei von allen Verpflichtungen, Konventionen und Beschränkungen.

War Almas Herkunft eine Beschränkung für ihn? Nein! Er war zwar nicht reich, aber er hatte ein gutes, regelmäßiges Einkommen. Schon in jungen Jahren wußte er, daß er im sozialpädagogischen Bereich arbeiten wollte. Jetzt leitete er ein Seniorenheim und gab in seiner Freizeit behinderten Kindern kostenlosen Schwimmunterricht. Seine Eltern waren gut situiert, doch sie ließen dies nie sichtbar werden. Materielle Werte hatten in seiner Familie keinen Stellenwert. Freundschaft war wichtig. Füreinander dazusein, wenn man gebraucht wurde, war wichtig. Gefühle waren wichtig. Die Liebe zur Natur, das alles um ihn herum – das war wichtig. Dinge, die man mit Geld kaufen konnte, waren nicht wichtig.

Er überlegte, wann die Gelegenheit passend wäre, Alma seinen Eltern vorzustellen, und wie sein Vater darüber denken würde, wenn er erführe, daß Alma jüdische Großeltern habe.

Plötzlich fiel ihm das jährliche Sommerfest ein, welches seine Eltern so gerne organisierten. Dieses Jahr könnte er Alma und ihre Mutter dazu einladen. Seine Eltern hatten diese Tradition eingeführt, um wenigstens einmal im Jahr mit ihren ältesten Freunden und Bekannten, die auf den umliegenden Inseln und am Festland verstreut wohnten, zusammen zu feiern. Zu diesem Fest durfte Mutter einladen, wen sie wollte, Vater sowieso, und auch er konnte – meist waren es alte Schulfreunde – eine kleine Gruppe bringen.

Bis dahin wollte er sein Liebe jedoch wie ein Geheimnis bewahren.

Drei Monate später erhielt er die Aufstellung der geladenen Gäste zur Ergänzung, und ohne weitere Erklärung, setzte er Alma und ihre Mutter auf die Liste. Es war abzuwarten, welche Reaktion von den Eltern kommen würde, denn es war offensichtlich, daß es sich diesmal nicht um Schulfreunde handelte.

Es geschah nichts Ungewöhnliches.

Vater bemerkte nur, daß Alma und ihre Mutter wohl diesmal keine ehemaligen Schulfreunde wären, enthielt sich aber weiteren Fragen. Nur Mutter war etwas neugieriger. Sie wollte unbedingt wissen, wer das Mädchen sei, wie sie aussehe, und wieso er sie einlud und ob er sie schon lange kenne.

„Laß dich überraschen, Mutter."

„Ich möchte ja nur wissen, ob es für dich eine wichtige Einladung ist … das heißt natürlich, ob das Mädchen für dich so wichtig ist …und wieso hast du auch die Mutter eingeladen?"

Er grinste nur.

„Du hast doch nicht schon eine längere Beziehung, von der wir nichts wissen?"

Sie ließ nicht locker. Doch auch er konnte stur bleiben und verriet nichts. Er ging in den Garten hinaus und beschloß, ein wenig Ordnung zu machen und die Rosen zu schneiden.

Seine Mutter liebte den Garten über alles. Sie stammte aus einer einfachen Bauernfamilie vom Lande. Ihr Vater erzeugte dänischen Käse – zunächst nur für die Händler der nächstgelegenen Stadt –, doch bald war er auch ins Exportgeschäft eingestiegen und hatte so einen bescheidenen Wohlstand geschaffen. Sein Vater war Vermessungsbeamter und stets in den Dünen und im freien Land unterwegs. Beide liebten ihre Heimat und die Natur, und diese Liebe hatten sie an ihn weitergegeben. Er hatte wahrlich Glück gehabt, wenn er seine Kindheit mit jener von Almas Mutter verglich.

Das Fest war ein voller Erfolg.

Alma und ihre Mutter wurden sehr liebevoll von der Gesellschaft aufgenommen, und bald war fröhliches Lachen ringsum zu hören. Einmal nahm Vater Alma sogar am Arm, um mit ihr durch den Garten zu schlendern und mit ihr alleine zu plaudern. Oft hörte Jørgen beide lauthals lachen, sodaß er schier eifersüchtig wurde; völlig unnötig natürlich, denn er wollte ja, daß sein Vater sie mochte. Wie sollte er auch wissen, daß er sich gerade mit seiner künftigen Schwiegertochter unterhielt?

Bald darauf sagte er ihnen dann, daß er Alma heiraten wolle.

„Ich verstehe dich. Sie ist sehr hübsch und ein sehr intelligentes, liebenswertes Mädchen."

„... und sie ist Halbjüdin."

Er sah, wie Vater kurz innehielt, die Stirn runzelte, dann jedoch sofort lächelte.

„Mein lieber Sohn, Antisemitismus sollte in der heutigen Zeit und in unserer Gesellschaft eigentlich kein Thema mehr sein. Es ist der Mensch, der zählt, nicht seine Religion, nicht seine Herkunft, nicht seine Volkszugehörigkeit. Ich nehme an, daß ihre Mutter jüdischer Abstammung ist, denn ihr Vater war ja ein bekannter dänischer Journalist. Er ist leider viel zu früh gestorben."

Der Augenblick war wie geschaffen für ein angenehmes Gespräch zwischen Vater und Sohn. Draußen zerrte der Wind an den Bäumen, und schwarze Wolken trieben auf das Festland zu. Bald würde es zu regnen beginnen. Jørgen stand auf und schaltete die Wandleuchten ein. Gemütliches Licht erhellte den Raum, und als er sich neben seinen Vater setzte, begann er von Alma und vom Schicksal ihrer Familie zu erzählen. Der Vater hörte nur zu – sprach kein Wort und unterbrach ihn nie. Er wirkte nachdenklich und senkte den Kopf.

Am Ende stand er auf, legte den Arm um seine Schulter.

„Du hattest Glück, mein Junge. Vergiß das nie ... Du hattest das Glück, beide Eltern zu haben, die für dich da waren, dich umsorgten und deren Vergangenheit unbelastet ist. Ein schöneres Geschenk kann es für ein Kind nicht geben."

Warum hatte er nur das Gefühl, daß Vaters Stimme dabei verändert klang?

Er heiratete Alma an einem lauen Sommertag im August. Daß ihre Mutter Jüdin war, darüber wurde nie mehr gesprochen. Alma wünschte es so. Sie besuchten die Mutter sehr oft und führten lange interessante Gespräche über Musik, Kultur und über vergangene Zeiten mit ihr, nur über ihre Herkunft und ihre Flucht aus Österreich wurde nie wieder gesprochen. Es war, als hätte sie alles vergessen.

Eines Nachmittags überraschte ihn Alma, als sie ihm, mit gerötetem Gesicht, über die Stufen des Hauses entgegenlief.

„Ich bin schwanger! Wir erwarten ein Kind!" keuchte sie und zog an seiner Krawatte und an seinem Revers, so nervös war sie.

„Was sagst du? Freust du dich?"

Ihre Augen strahlten, und er mußte sie sofort küssen. Fest drückte er sie an sich, und er roch den angenehmen Duft ihres Haares und das zarte Parfum, das sie umspielte.

„Und wie … bist du ganz sicher?"

„Ganz sicher, sonst hätte ich es dir ja nicht gesagt! Heute war der zweite Test – positiv."

Sein Herz hüpfte vor Freude. Er hatte sich immer eine große Familie gewünscht und Kinder! Womöglich zwei, oder drei! Mit Kindern konnte er wunderbar umgehen, und der Schwimmunterricht mit den Behinderten vermittelte ihm noch immer große Zufriedenheit. Daß es allerdings so schnell kommen würde, übertraf seine Erwartungen. Er konnte also die Familientradition fortsetzen und die Wurzeln ernähren, damit die Pflanze gesund wachsen sollte – war zumindest ein Spruch seiner Mutter, und so wollte er es auch mit seinem Kind halten.

Diesmal war es Winter, als er wieder am Strand saß, an der Stelle, wo er seinerzeit Alma erwartet hatte. Mehr als zwanzig Jahre waren seither vergangen. Er genoß es, so zwei-, dreimal im Jahr alleine hierher zu kommen und über sein Leben nachzudenken, die Vergangenheit Revue passieren lassen …

Es ging ihm gut. Es ging ihm besser, als seinen alten Freunden. Er war immer noch glücklich mit Alma, und mit seinem Sohn Jakob verstand er sich bestens. Doch ... irgend etwas fehlte; es war zu ruhig geworden in den letzten Jahren, vor allem seit Jakob nach Wien gegangen war. Niemals zuvor hatte jemand von der Familie das Bedürfnis gehabt, die Insel zu verlassen. Jakob war da anders. Schon bald hatte es ihn hinausgezogen, auf den Kontinent, und er führte dies auf den Einfluß seiner Großmutter – Almas Mutter – zurück.

Jørgens Tante war ein Jahr zuvor verstorben, und die Teerunde gab es schon lange nicht mehr. Doch die beiden Frauen – Almas Mutter und seine – hatten sich enger zusammengeschlossen. Ja, sie waren – so könnte man sagen – fast Freundinnen geworden. Seine Mutter war eine einfache Frau vom Lande, lebhaft, fröhlich und voll Güte und Liebe. Almas Mutter war stiller, zurückhaltender. Sie war sehr belesen, etwas kühl und vornehm im Ausdruck, ohne jedoch dabei arrogant zu wirken. Sie ergaben eine gute Mischung für ihren Enkel Jakob.

Seine Mutter, die Bodenständige, sorgte dafür, daß er handwerklich und praktisch wurde, und Almas Mutter war eine wunderbare Erzählerin.

Oft holte sie den Kleinen, um mit ihm ausgedehnte Spaziergänge durch die Dünen zu machen, mit ihm Muscheln zu sammeln und ihm von der Tiefe des Meeres und der Unendlichkeit des Himmels zu erzählen. In jeder ihrer Geschichten war immer auch ein kleiner Anreiz zum Nachdenken eingebaut, dem Jakob leicht folgen konnte. Und er fragte unentwegt, bis ins kleinste Detail.

„Warum ist ein Sandkorn so klein und verklebt nicht mit den anderen und wird zu einem großen Stein? Und wieso rollt es immer wieder ins Meer zurück und bringt diese Muscheln und Krebse ans Land, die doch im Wasser besser überleben können als am Strand?“

Seine Großmutter hatte immer eine passende Antwort, die ihn zufriedenstellen konnte.

Als Jakob größer wurde, erzählte sie ihm häufig Geschichten von Schicksalen und Menschen, deren Wunsch es war, eine eigene Heimat zu besitzen, so wie er eine hatte, die jedoch von Land zu Land ziehen mußten und nirgendwo bleiben durften ... Das machte ihn immer sehr nachdenklich. Manchmal erzählte sie Märchen aus Österreich, dem Land, wo sie aufgewachsen war, oder von den Kindern, die im Land des Wunschbaumes lebten. Wann immer man wollte, konnte man von diesem Baum essen und satt werden, egal, woher man kam und wie reich oder arm man war. Einzige Bedingung war: Man mußte Kind sein, und Jakob war davon so beeindruckt, daß er immer und immer wieder von Großmutter verlangte, ihm neue Geschichten von der großen weiten Welt zu erzählen.

Er erinnerte sich auch noch genau an den Tag, an dem er mit seinem Vater lautstark diskutierte, ob es wirklich notwendig sei, im Ausland, im fernen Österreich, zu studieren. Jørgen war dagegen, doch Alma schien ihren Sohn besser zu verstehen und versuchte auszugleichen und zu beruhigen. Doch drängte Jakob in den nächsten Wochen und Monaten immer mehr, seinen Wunsch durchzusetzen, bis seine Eltern schließlich resignierten und seinem Drängen nachgaben.

Wie er dann so dastand mit seinen strohblonden Haaren und den dunkelbraunen Augen – in ganz Dänemark gab es wahrscheinlich kaum einen zweiten blonden Mann mit so großen dunklen Augen; alle anderen hatten graue, grünliche oder blitzblaue –, da dachte Jørgen: Welch wunderbare Schöpfung der Natur, Alma und mich in dieser einen Person wiederzufinden.

„Es ist ja nicht für lange", pflegte Jakob beruhigend zu sagen, aber gedanklich war er schon weit weg.

„Nur bis das Studium fertig ist, das sind läppische vier Jahre."

Die vielen Erzählungen seiner Großmutter, als er noch ein Kind war, hatte er nicht vergessen. Er wollte die Stadt Wien und das Land jetzt selber kennenlernen. In seinem Kopf hatte er sich schon ein fantasievolles Bild von Österreich entworfen, und er freute sich darauf, es mit der Realität vergleichen zu können.

Wer hätte auch ahnen können, daß er nicht mehr nach Dänemark zurückkommen sollte?

Es schien, als sollte er den Weg, den Alma gekommen war, zurückgehen, um sich selbst zu begegnen und seine eigene Geschichte zu finden.

Und wahrscheinlich war es sein Schicksal, daß er in der Millionstadt Wien ausgerechnet auf Lilli treffen sollte.

Jørgen griff in den feuchten Sand und ließ ihn ganz langsam durch seine Finger gleiten. So schnell, wie diese Sandkörner jetzt zu Boden fielen, schien es ihm, war sein bisheriges Leben verlaufen.

Heute abend würde sein Sohn die Familientradition fortsetzen. Er hatte Lilli nach Dänemark eingeladen, und sie würden in ein paar Stunden hier sein. Jetzt war Zeit für Jørgen zu gehen. Es war doch kühler geworden, und er beschloß, ins Haus zurückzukehren.

Sie kamen erst spät zum Frühstück, und Lilli trug jenen entspannten Ausdruck um ihre Augen, den Frauen immer haben, wenn sie eine erfolgreiche Nacht verbracht hatten.

„Wie lange wollt ihr bleiben, Jakob?“

Aber er sah Lilli dabei an.

„Mmm …“, antwortete dieser unschlüssig.

„Ich weiß noch nicht, frag Lilli“, und genau diese Antwort hatte er erwartet.

Alles wurde von Lilli entschieden. Es war nicht so, daß ihm Lilli nicht gefiel – nein, es waren vielmehr ihre Ansichten und Einstellungen zum Leben, die sich so von den ihren – und vor allem Jakobs – unterschieden. Er hatte einfach seine Zweifel, daß diese Ehe ebenso gut harmonieren würde wie seine mit Alma.

In Lillis Familie waren die Wertigkeiten anders gestellt. Während bei Jørgen Ruhe und Harmoniebedürfnis herrschten, die Familie das Zusammensein immer als Erlebnis feierte und sie ihren mittelständischen Wohlstand genossen und besonnen vermehrten, waren in der Familie Lillis Hektik und Betriebsamkeit zu Hause, und das tägliche Leben war von Erfolg oder Nichterfolg bestimmt. Manchmal dachte er: Während wir alte Fotoalben und Kinderfotos betrachten, werden in Bremen Bilanzen und Statistiken gelesen.

Aber vielleicht war es gerade diese Unterschiedlichkeit, die Jakob an Lilli anzog. Vielleicht sollten sich beiden ergänzen, aneinander reiben, um dann ein Gemeinsames zu finden.

„Gegensätzliches miteinander verbinden und dabei trotzdem Respekt vor dem Anderssein zu bewahren“, hatte ihm Großmutter einst gelehrt und ans Herz gelegt. Gegensätzlicher als Jakob und Lilli konnten zwei Menschen wohl nicht sein.

Sie setzte sich neben ihn.

„Du weißt doch, daß du jetzt auch eine Tochter hast?“ scherzte sie.

„Ah …“ sagte er.

„Das ist alles, was du dazu zu sagen hast zu einem kleinen Mädchen?“

Sie lachten beide, und er wandte sich ihr zu und faßte sie zart am Handgelenk.

„Komm – wir sollten ein klärendes Gespräch unter vier Augen führen. Nur Vater mit Tochter“, und dabei zog er sie ins Nebenzimmer und schloß leise die Türe hinter ihnen. Im Zimmer stellte sie sich ans Fenster und blickte hinaus, auf den einsamen Strand, in die grauen Wellen, die sich mit dem dunkler werdenden Himmel verbanden.

„Ich könnte es auf Dauer hier nicht aushalten. Es wäre mir zu einsam. Keine Berge, wenig Wald, und über die Wintermonate das Meer und der Himmel in eintönigem Grau“, sagte sie ohne sich umzudrehen und blieb stehen.

Er wußte, daß er nun verpflichtet war, ihr einiges über die Familie zu erzählen. Sie war Deutsche, und es gab immer noch genug Deutsche, die Probleme mit jüdischen Abkömmlingen hatten. Er wollte es Jakob nicht antun, daß irgendwann – falls sie es von anderen erfuhr

– seine Ehe darunter leiden oder gar daran zerbrechen würde.

„Manche sagen, man müßte hier geboren sein, um die Einsamkeit zu ertragen. Für mich trifft das nicht zu. Ich zum Beispiel, bin laut meiner Geburtsurkunde in Deutschland, in Steinhöring bei München geboren, und könnte mir keinen lebenswerteren Ort vorstellen, als diese Insel."

Er setzte das Gespräch fort.

„Auch Jakobs Großmutter fiel es nicht leicht, als sie nach Dänemark kam."

Sie wandte sich um.

„Ich dachte immer, Großmutter wäre hier geboren?"

„Nein ... Jakobs Großmutter kam aus Österreich zu uns nach Dänemark. Sie mußten das Land sehr schnell verlassen ... sie und ihre Schwester ..." Und dann erzählte er ihr die ganze Geschichte von Almas Familie, trug alles im Erzählton vor, ruhig, so als würde er eine alte Sage erzählen, und Lilli hörte ihm reglos zu.

„Jakobs Mutter ist Halbjüdin?" Ihre Stimme klang seltsam heiser. „Daher die dunklen Augen", murmelte sie dann und erwartete keine Antwort; sie sagte es mehr zu sich selbst, wie eine Feststellung.

Sein Herz begann schneller zu klopfen, und plötzlich bekam er Angst, vielleicht doch einen Fehler gemacht zu haben, ihr alles erzählt zu haben. Aber er lehnte sich zurück, die Arme vor der Brust verschränkt, so, als wollte er einen Angriff abwehren, und schaute sie abwartend an. In seinem Blick lag etwas Fragendes, Mitleidiges, Menschliches, sodaß sie rot anlief und einige Sekunden zögerte, bevor sie antwortete.

„Es muß furchtbar gewesen sein, was die beiden mitgemacht haben, doch wir leben jetzt in einer anderen Zeit. Ich liebe Jakob, und du solltest dir deswegen keine Sorgen machen, daß dies Einfluß auf meine Entscheidung für ihn haben könnte."

Sie zögerte einige Sekunden, bevor sie weitersprach:

„Es bleibt unser Geheimnis", sagte sie dann, „und solange ich noch nicht mit Jakob darüber gesprochen habe, möchte ich es auch nicht meinen Eltern erzählen."

Er war damit einverstanden. Sie schauten einander an, prüfend. Er wußte nun, daß er Lilli mögen würde, und daß sich hinter ihrem burschikosen Auftreten ein genauso weicher Mensch verbarg, wie Jakob einer war.

Die Hochzeit fand in Bremen statt. Es sei so Brauch, erklärte Jakob, daß derjenige, welcher die Hochzeit ausrichtet – nämlich der Vater der Braut –, auch den Ort bestimmen darf. Alma und Jørgen war auch das recht. Sie waren sehr selten am Festland und nützten die Gelegenheit gleich zu einer Urlaubsreise.

„Warum nicht auch einmal Wien ansehen?" meinte Alma.

„Du hast recht", stimmte er ihr zu.

„Wir sollten uns die Stadt näher ansehen, die sich unseren Sohn angeeignet hat." Dabei zwinkerte er ihr zu, und damit war beschlossen, daß er mit Alma nach der Hochzeit weiter nach Österreich reisen würde.

Die Hochzeit war – entgegen aller Erwartung – ein sehr schönes Fest geworden. Die Befürchtung, sie würde zu einer Demonstration des Bremer Geldadels werden, traf nicht ein. Es waren nicht allzu viele Gäste geladen, nur die engsten Familienmitglieder und ein paar Freunde. Die Brautleute hatten es so gewünscht, und es war ein gutes Zeichen für den Beginn ihrer Ehe.

Die beiden liebten sich wirklich – das konnte man sehen –, wenngleich Jørgen mit Lillis Vater nicht so recht warm werden konnte. Er mochte ihn nicht, obwohl er ihm fast ein wenig ähnlich sah. Dieselben blonden Haare und das gleiche Grau in den Augen, doch sein Blick wirkte härter als der seine, seine Augen stechender, ständig in Bewegung, ständig einen musternd wie einen Schuljungen.

Er war ihm zu glatt, gab sich zu souverän, fast ein wenig hochnäsig im Gespräch, und von sich und seinen Fähigkeiten zu sehr überzeugt, um dabei noch freundlich zu wirken. Und dann noch das Theater, als er das Hochzeitsgeschenk, in einem Kuvert, an die beiden überreichte.

„Ich hoffe du machst etwas daraus – im Sinne unserer Familie ...“

Nicht einmal am Hochzeitstag seiner Tochter konnte er auf das Geschäft vergessen. Wahrscheinlich war Geld darin – Jørgen wollte es gar nicht wissen ...

Sich mit seiner Frau zu unterhalten war bei weitem angenehmer. Sie hatte so eine vornehme Art zu lachen und sich zu unterhalten, und während bei ihrem Mann die Freundlichkeit eher aufgesetzt wirkte, hatte man bei ihr den Eindruck, daß sie Teil ihr Persönlichkeit war.

Sie stammte aus einer reichen Bankiersfamilie, hatte sicher nur die beste Erziehung genossen, und trotzdem dürfte man dabei auf Humor und Lebensfreude nicht vergessen haben. Jedenfalls unterhielt Jørgen sich lieber mit Ruth und versuchte, Alma die Konversation mit Ruths Mann zu überlassen.

Trotz allem feierten sie, bestens gelaunt, bis in die späte Nacht hinein.

Am nächsten Morgen reisten Jørgen und Alma ab nach Wien.

6. KAPITEL

Lilli und Jakob, 2003 bis Gegenwart

Es war ein früher Morgen und ein wolkenloser Tag, als ich wieder nach Feichtenbach zurückkehrte. Ich setzte mich noch einmal vor mein Haus – unser Haus –, das ich jetzt nicht mehr haben wollte, und spürte die Wärme der Sonnenstrahlen auf meiner Haut. Vor mich trat das Bild jenes Mannes, dessen Lebensgeschichte ich gerade gelesen hatte. Ich sah ihn den Weg heraufhumpeln, nach einer Frau in Schwesterntracht schauend und Wärme und Zuneigung in seinen Augen. Als ich die Lider wieder öffnete, war er verschwunden.

Was für ein trauriges Leben, dachte ich. Nicht einmal ein wenig privates Glück war dieser Generation, die zwei Kriege miterlebt hatte, vergönnt gewesen. Wie furchtbar, alles – einfach alles – zu verlieren: Gesundheit, Familie, die Frau, die man liebte, und dann noch die eigenen Kinder.

Zum ersten Mal begriff ich, welch großes Glück ich hatte, in dieser – meiner – Generation geboren worden zu sein. Den mich umgebenden Wohlstand hatte ich bisher immer für selbstverständlich genommen, nie viel darüber nachgedacht. Daß meine Familie mich beschützte und umsorgte, war für mich Alltag, und die Möglichkeit, eine mir genehme Ausbildung auszuwählen, war nie in Frage gestellt worden.

Wie sehr sehnte ich mich plötzlich wieder nach meinem früheren unwissenden Leben, und wie schwer fühlte sich die Last an, die jetzt auf mir lag.

Da stand es, dieses Haus, breit und brüchig, auf eine Lösung wartend, der ich mich nicht gewachsen fühlte. Erfahrungen, Erfahrungen! Ich hatte so viele Erfahrungen gesammelt, wie man mit solch alten Häusern umgeht, sie revitalisiert und gewinnbringend verkauft – sie zählen nicht, wenn man persönlich betroffen ist.

Schon als wir das erste Mal herkamen, ahnte ich, daß Jakob dieses Haus lieben würde. Er hatte schon immer einen besseren Bezug zu alten Dingen und zur Vergangenheit als ich. Es war die viele Zeit, die er mit seiner Großmutter zusammen verbracht hatte, die ihn so prägte. Viele Dinge sah er zartfühlender, sensibler, und mehr als oft war er für mich eine Inspiration, Erneuerungen nicht zu rasch, sondern behutsamer vorzunehmen. Für ihn hatte alles eine Seele. Wahrscheinlich würde er auch die Seele dieses Hauses finden. Es war schon verwunderlich, wie unterschiedlich wir waren und uns trotzdem perfekt ergänzten.

Die Ruhe, die mich heute empfing – nichts war zu hören und zu sehen, rundum Stille, nur das Vogelgezwitscher, sanftes Rauschen des Windes und das Summen der Bienen –, ließ mich länger hier oben sitzen, als ich vorgehabt hatte. Jetzt hatte ich Zeit – genug Zeit, darüber nachzudenken, inwieweit mein Leben mit der Geschichte dieses Hauses verbunden war. Es war ein Irrtum gewesen zu glauben, der Zufall hätte mir einen Besitz mit historischer Vergangenheit beschert – der Zufall hatte mich meine Vergangenheit finden lassen.

Vielleicht war Vater hier in Feichtenbach geboren worden und suchte jetzt nach seinen Wurzeln? Vielleicht ist dies die Erklärung für sein „Wo?" auf der Rückseite des Wäschezettels? Aber wieso habe ich immer das Gefühl, daß auch Jakobs Schicksal mit Feichtenbach verstrickt sei?

Ich wußte von Erzählungen, daß seine Großmutter österreichischer Herkunft war. Sie war die Tochter eines berühmten jüdischen Lungenarztes. Doch dies hatte nichts zu bedeuten. Viele Juden waren seinerzeit ins Ausland geflüchtet, auch nach Dänemark, unter ihnen auch bekannte Ärzte …

Und plötzlich überkam es mich. Ich saß hier, fühlte mich bestraft und wußte nicht warum: Und dann mußte ich weinen. Es war ein lautloses Weinen – nicht ein Laut kam von meinen Lippen, nur meine Tränen rannen über meine Wangen und waren nicht mehr zu stoppen. Dann kam die Angst. Was, wenn unsere Familien miteinander verbunden wären? Ein jüdischer Abkömmling verheiratet mit einer arischen Deutschen, deren Vater in einem Lebensbornheim geboren worden war?

Ich mochte nicht mehr weiter denken, konnte nicht mehr. Wie gern würde ich jetzt meinen Kopf an Jakobs Schulter lehnen und ihm von meinen seltsamen Ahnungen erzählen. Im Grunde wußte ich ja gar nichts, alles waren nur Vermutungen, doch … sie könnten wahr sein.

Ich griff in meine Jackentasche. Darin befanden sich noch immer die beiden Porzellanscherben, die ich bei meinen Streifzügen durch das Haus gefunden hatte. In altmodischer blauer Schrift waren darin – wie ein Monogramm – zwei Buchstaben eingeprägt: S. W.

Wahrscheinlich von einem Geschirr aus der Zeit des Sanatoriums Wienerwald, hatte ich damals überlegt, und sie zur Erinnerung eingesteckt. Jetzt wollte ich sie auf einmal loswerden, nichts von diesem Haus besitzen, obwohl ich es doch besaß. Ich trat an die Glastüre beim vorderen Eingang und blickte durch die trüben Scheiben. Nichts hatte sich seit meinem letzten Besuch verändert dort drinnen. Vorsichtig drückte ich mit der Hand auf die Klinke und erschrak beinahe, als die Tür aufging, lautlos. Zuerst zögerte ich, dann trat ich ein, mit einem sonderbaren Widerwillen, so, als müßte ich auf der Hut sein, etwas zu sehen, an etwas zu streifen, und blickte mich um. Es war, wie ich erwartet hatte. Staub lag überall. Der Stoß Teller stand noch auf der Anrichte, klebrig und verkrustet. Dreckige Putztücher und Decken lagen noch immer auf dem Boden, daneben das halb geleerte Marmeladenglas, und dazu der Geruch, der mir Unbehagen verursachte. Wieso hatte ich am ersten Tag der Besichtigung nicht dasselbe Gefühl von Verlassenheit empfunden wie jetzt?

Dieses Haus war nicht mehr sanierbar, das war zu sehen; wahrscheinlich stand es schon seit vielen Jahren unbenutzt und leer. Ein einziges Mal noch wollte ich durch seine Gänge und Stockwerke gehen und mir diese Räume nochmals ansehen, um dann die Hinterlassenschaft dieses Georgs zu vernichten.

Niemandem würde ich davon erzählen.

Ich würde mit Jakob wieder zurück nach Bremen gehen, und die Zelte in Wien abbrechen ... einfach so tun, als wäre nichts gewesen. Und Vater? Was sollte ich Vater erzählen? Hatte er nicht das Recht, alles, was ich herausgefunden hatte, zu erfahren?

Die Erkenntnis, daß er mich benutzt hatte, um das zu finden, vor dem er offensichtlich Angst hatte, machte mich wütend.

„Im Sinne der Familie", sollte ich etwas machen aus diesem Hochzeitsgeschenk, das kein ehrliches Geschenk, sondern nun als Nachforschungsauftrag seiner Herkunft zu sehen war.

Er hatte kein Recht, Fragen an mich zu stellen!

Schließlich hatte er mir diesen Zettel verdeckt zukommen lassen, ohne ihn auch nur zu erwähnen. Verschweigen; verdrängen; einfach weiterleben; so tun, als wäre nichts gewesen; so tun, als hätte ich ihn nie gefunden. Verdrängen, so wie Hanna und Georg ihre Liebe und ihre Erinnerungen verdrängt hatten.

Die Geschichte wiederholt sich.

Aber was wußte ich schon von Geschichte? Gar nichts! Das Thema NS-Zeit war schon während meiner Schulzeit ein Tabuthema gewesen, und so wird es auch heute noch gehalten. Du kannst heute politisieren mit deinen Freunden, deinen Familien, deinen Bekannten; nur ein Thema solltest du dabei unerwähnt lassen: Das grauenhaften Geschehen der Nazis an den Juden während des 2. Weltkrieges.

Daß es außer Enteignung, Konzentrationslager und Massenvernichtungen auch noch eine Einrichtung wie den „Lebensborn" gegeben hatte, kann man gar nicht erwähnen, denn viele meiner Generation wissen gar nicht, worum es dabei gegangen war.

Mein Herz begann heftig zu schlagen, als ich durch das dunkle Stiegenhaus ging, hinauf in den ersten Stock. Den seinerzeitigen Operationssaal der beiden jüdischen Ärzte wollte ich noch sehen, dann hinübergehen in die ehemalige Liegehalle, in der während der NS-Zeit die Kinder untergebracht gewesen waren. Die ganze Zeit über hatte ich das Gefühl, daß mich Stimmen begleiteten, hörte ich ein Rascheln wie von gestärkten Unterröcken und dazwischen das Weinen von Kindern. Meine Schritte klangen laut und hallten in den leeren Gängen, und obwohl ich nur leichte Sandalen trug, vermeinte ich das Schlagen von Stiefelabsätzen zu hören, und zum ersten Mal beschlich mich Angst in diesem Haus.

Mir fiel die alte Frau aus dem Ort ein, der wir bei unserer Ankunft begegnet waren. Sie kümmerte sich noch heute um die Katze, die die Vorbesitzer hinterlassen hatten. Ein Relikt – eine Sache, ein Tier – aus der Vergangenheit, das man einfach verlassen hatte, und das doch einen neuen Beschützer fand.

Wo waren all die verlassenen Kinder, die hier geboren wurden? Sie wurden deportiert, zur Adoption freigegeben, die Wurzeln ihrer Heimat verschwiegen – wer beschützt sie heute, wo sie erwachsen sind, vor ihren Ängsten? Und wer beantwortet ihre Fragen?

Vielleicht entsprach nicht alles der Wahrheit, was uns damals die Alte erzählt hatte, vielleicht war alles auch nur ihre Wahrheit, und vielleicht hatte auch sie Teile aus der

Vergangenheit verdrängt oder für sich einfach zurechtgerückt. Sie kannte das Haus schon seit Anbeginn.

„Das Hotel ist wohl schon länger geschlossen?“ hatte ich sie gefragt. „Es muß ja in seiner Blütezeit ein sehr hübsches Gebäude gewesen sein.“

„Hübsch?“ hatte die Alte geantwortet, „hübsch ist nicht der richtige Ausdruck. Das war einmal ein ganz besonders feines Haus, eine ganz berühmte Lungenheilstätte war das.“ Sie seufzte dabei. „Sehen Sie, da – diese drei Bäume? Ich war noch ein kleines Mädchen und mit dabei, als diese gesetzt wurden. Ganz dünne Stangen waren das, kaum größer als ich. Der Herr Doktor hat immer gewollt, daß die Bäume in Dreiergruppen gesetzt werden, so hat er es angeordnet ... ein sehr edles, vornehmes Haus war das ...“

Manchmal hatte sie bei ihren Erzählungen die Zusammenhänge verloren, erzählte von ihren Söhnen und Enkelkindern, um dann wieder zur Lungenheilstätte zurückzukehren. Oder sie nannte Namen, deren sie sich nach einer Weile nicht mehr erinnerte. Auch von den weiteren Besitzern konnte sie nicht mehr viel erzählen. Sie hatte alles vergessen – oder verdrängt.

„Es war gar nicht so, wie die Leute erzählt haben“, hatte sie sich dann korrigiert: „Den Frauen ging es gut dort oben bei denen, und wir hatten keinen Ärger mit ihnen. Alles ganz normale liebe freundliche Menschen.“

Wie kann man auch erwarten, daß jemand von seinem Leben erzählt und dabei objektiv bleibt, dachte ich. Würde ich meine und Jakobs Person beschreiben müssen und von unserem Leben erzählen, könnte ich dann objektiv dabei bleiben? Wahrscheinlich nicht.

Nach diesem Gespräch blieb die alte Frau verschwunden, und niemand konnte mir mehr sagen wer sie war. Seltsam? War sie doch wahrscheinlich die einzige noch lebende Zeitzeugin zur Geschichte dieses Hauses.

Ich war bei der Tür zum ehemaligen Operationssaal angelangt. Sie stand weit offen, Reste eines ehemaligen Friseursaloons standen noch darin, blitzblaue Sessel und ein paar Trockenhauben. Doch die Fliesen auf dem Boden und an den Wänden waren noch dieselben aus der Zeit der Lungenheilstätte. Vielleicht stand ich jetzt gerade an jener Stelle, wo einst Kafka mit seinem Arzt über seine Lungenerkrankung gesprochen hatte, und wahrscheinlich war dies später auch der Raum, wo während der NS-Zeit die Kinder geboren wurden.

Regungslos blieb ich einige Minuten in der Mitte stehen. Ich wollte etwas empfinden dabei – doch da war nichts weiter, als diese unheimliche Stille.

Weiter lief ich, schnell in den Zubau der ehemaligen Liegehalle, der zuletzt für Therapien und den Hausarzt benutzt worden war. Auch hier nichts … Stille … Nichts berührte. Ich empfand nichts mehr für dieses Haus.

Nur weg aus dem Haus – hinüber in das ehemalige Kinderheim und zum Waldbad. Abschied nehmen von allem. Ich lief den schmalen Waldweg entlang über die Wiesen, als es ganz leicht zu regnen begann. Die würzige Luft, die nun aufstieg, tat gut beim Durchatmen und erfrischte. Der Himmel hatte sich inzwischen verdunkelt, und dazu kamen Gewitterwolken auf. Gerade richtig für meine jetzige Stimmung, dachte ich.

Beim ehemaligen Kinderheim hatte ich seinerzeit auch Sigmund kennengelernt. Ich hatte zunächst nur das Dach des niedrigen langgezogenen Holzhauses gesehen und dann darin die ehemaligen Umkleideräume entdeckt. Das kleine Waldbad war randvoll mit trübem Wasser gewesen, kleine Kaulquappen schwammen darin und schoben die grünen Algen beiseite. Von der verwitterten Holzliege aus beobachtete ich zwei Libellen, welche direkt über dem Wasser standen, als wollten sie ihr Terrain verteidigen. Eine setzte sich plötzlich mit glitzernden Flügeln auf mein Knie, starrte mich kurz an und schwirrte fort.

Er hatte mich schon länger beobachtet und leise angesprochen, doch ich hatte ihm gar nicht zugehört, so versunken war ich in die Landschaft, die nähere Umgebung und in meine Gedanken gewesen. Erst als er plötzlich neben mir bei der Holzliege stand, bemerkte ich ihn. Er sah sympathisch aus und erzählte mir vom Tal, und daß er gegenüber am Geyer wohne. Und ich erzählte ihm, daß ich die neue Besitzerin sei und jetzt viel vorhätte, um alles wieder in Schwung zu bringen; ich wäre beeindruckt von der Größe des Areals, nur der Zustand des Hauses sei wenig erfreulich.

Damals hatte er nur gelächelt und nichts dazu gesagt.

So hatte sich im Laufe der Zeit eine Art Freundschaft zwischen uns entwickelt. Ich erzählte ihm von meinen Plänen der Revitalisierung des Hotels, und er erzählte mir vom Tal, seinen Menschen und seinem Leben als Holzfäller, während wir auf der kleinen Terrasse seines Hauses saßen und Hollundersaft tranken.

Es war eher zufällig, daß ich ihm auch von dem Wäschereizettel erzählte, den ich bei den Unterlagen gefunden hatte.

„Wiederhole bitte nochmals den Namen der Frau", sagte er damals leise. „Hanna Bachler", wiederholte ich und schaute ihn verständnislos an. Nach einer Weile der Überlegung stand er auf, und kam mit einem großen Umschlag in der Hand wieder.

„Den hat mir Werner hinterlassen. Werner war mein älterer Bruder und mit einigen Leuten aus dem Sanatorium befreundet. Ich weiß nicht, wie er zu diesem Kuvert gekommen ist. Er hat nur gesagt: ‚Paß gut darauf auf, da steckt Leben drin. Es ist die Hinterlassenschaft von einer bestimmten Person.' Werner kannst du nicht mehr fragen, er ist schon seit vielen Jahren tot. Aber da du Hanna Bachler erwähnt hast, und es sein Wunsch war, diesen Umschlag demjenigen auszufolgen, der nach ihrem Namen fragt – ist es, glaube ich, in seinem Sinne, daß du ihn erhältst."

Damit legte er ein graues, dick gefülltes Kuvert vor mich auf den Tisch. Es war mit einer dünnen Schnur sorgsam umwickelt und verknotet. Auf der rechten oberen Seite stand nur ein Name: Hanna Bachler – und sonst nichts.

„Du mußt entscheiden, ob du das alles wissen willst. Ich hätte das schon alles ungelesen vernichtet, wollte ich nicht den Wunsch eines Toten achten."

Inzwischen hatte ich den Umschlag in die Hand genommen. Viele Papiere schienen darin enthalten zu sein. Vielleicht waren es vergessene Dokumente, vielleicht Pläne, die über das Haus nähere Auskunft gaben? Vielleicht aber auch alte Briefe zwischen zwei Menschen – eine Liebesgeschichte, die mich interessieren würde?

Oder es befanden sich darin nur Krankenblätter, Aufzeichnungen der Ärzte über ihre lungenkranken Patienten. Er hatte mich neugierig gemacht, und ich nahm den Umschlag an mich.

Gestern – nachdem ich die Büchse der Pandora geöffnet hatte – beschloß ich (wie in der griechischen Mythologie) „die Hoffnung" noch darin zu belassen. Ein Gespräch mit Sigmund sollte Aufklärung bringen, ob mein Leben eine Verbindung zu „Georgs Leben" hatte, dann würde ich meine Entscheidungen treffen.

Aber Sigmund, von dem ich dachte, er wäre mein Freund, gab sich verschlossen.

„Der Werner hat nie viel geredet über die Sachen da oben im Hotel. Ich weiß nur, daß er mit dem Georg befreundet war. Es muß ihm ziemlich dreckig gegangen sein – nachher, nachdem sie alle weg waren. Er blieb hier bei uns bis zu seinem Tod und hat nur ab und zu mit Werner Kontakt gehabt, sonst mit niemandem mehr."

„Ja, ja", antwortete ich ungeduldig, „aber was weißt du von seinen Kindern?"

„Ich weiß davon nichts. Man hat sich nur erzählt, daß er ein Verhältnis hatte mit einer Deutschen, und als diese wieder zurück mußte, hatte sie zwei Buben dabei. Wir dachten damals, die wären von einem SS-Mann."

„Weiß man, was aus der Frau und den Kindern geworden ist?" wollte ich wissen.

„Es gab damals so viele Gerüchte über das Haus; daß die Kinder den Frauen weggenommen und irgendwohin verschickt wurden; Kinder verschwanden nach Wien, andere wiederum nach Deutschland. Eine Köchin, die den Begleittransport der Deutschen nach München mitgemacht hatte, glaubte gehört zu haben, daß die Zwillinge getrennt worden seien. Einer kam in den Norden nach Bremen, und der andere nach Dänemark. Aber ob 's wahr ist, weiß ich nicht. Vielleicht haben s' nur Dänemark gesagt, weil schon seinerzeit 1938 der Herr Dr. Baer seine Töchter nach Dänemark in Sicherheit hatte bringen lassen. Weißt du, wir alle haben versucht, diese schreckliche Zeit damals so schnell wie möglich wieder zu vergessen. Es bringt doch nichts, immer und immer wieder in der Vergangenheit zu graben. Es war für uns alle schlimm genug – damals –, und jeder hat versucht, das Beste daraus zu machen. Ich habe dich doch gewarnt, als ich gesagt hab': ‚Überleg es dir gut, ob du das Zeug haben willst oder nicht.'"

Die „Büchse der Pandora" befand sich nun in meiner Tasche. Sie enthält die Vergangenheit unserer Eltern, deren Männer wahrscheinlich Geschwister sind, und die Zukunft von Jakob und mir, die wir womöglich Nichte und Neffe sind.

Sie enthält auch den Verdacht, daß in Dänemark seinerzeit eine Jüdin einen SS-Abkömmling, der in Wahrheit Georgs Sohn ist, wie mein Vater auch, geheiratet und von ihm ein Kind geboren hat – Jakob!

Jakob! Jakob!

Ihn nicht mehr berühren, nicht mehr küssen zu können, war ein Gedanke, den ich kaum ertrug.

Wie es Vater sagen, daß er mit ziemlicher Sicherheit in einem österreichischen SS-Lebensborn-Heim geboren und dann nach Deutschland zur Adoption freigegeben worden war? Ihm sagen, daß sein Vater Österreicher und seine Mutter ein SS-Mädel gewesen war, und es noch einen Bruder gibt – den Vater Jakobs nämlich, mit dem er bei unserer Hochzeit zusammengewesen war, ohne irgend etwas zu ahnen oder gar zu spüren?

Und Alma? Wie sollte ich meiner jüdischen Schwiegermutter erklären, daß ihr Mann Jørgen in jenem Haus gezeugt worden war, das seinerzeit von den Nazis beschlagnahmt und ihr Heimathaus gewesen war? Jørgen, der von alldem nichts wußte, und Vater, der etwas vermutete … aber nicht, daß er und Jørgen Brüder sind!

Die „Büchse der Pandora“ mußte verschlossen, die Hoffnung der Aufklärung für immer darin verborgen bleiben.

Schweigen war die Lösung – Schweigen und Vergessen würden den Rest meines Lebens begleiten. Die Zeit hat an der Geschichte nichts geändert. Was nicht sein durfte, wurde schon immer durch Verschweigen geregelt. Warum sollte das nicht auch für mein Leben, meine Zukunft gelten?

Ich dachte an den Gynäkologen, den ich vor einer Woche aufgesucht hatte, um festzustellen ob ich schwanger sei. Als Jakob sich das letzte Mal von mir verabschiedete mit den Worten: „Du siehst verdammt gut aus Liebling, das Haus läßt dich richtig aufblühen", küßte ich ihn dankbar und flüsterte ihm zärtlich ins Ohr: „Schon mal was von Fruchtbarkeit in Zusammenhang mit Klimawechsel gehört?"

„Du meinst, wir haben hier ein Waldkind gezeugt?" meinte er damals fröhlich.

„Ich weiß nicht", antwortete ich, „wäre doch möglich – oder?"

Nochmal Glück gehabt! Der Gynäkologe konnte keine Schwangerschaft feststellen. Kinder würden zwischen Jakob und mir kein Thema mehr sein.

Morgen würde ich Vater anrufen, ihm irgendeine Geschichte erzählen, daß das Projekt Feichtenbach bis auf weiteres ruhen werde, da ich mich entschieden hätte, Juristin zu bleiben und das Amt einer Richterin anstrebe. Es würde keine Diskussionen geben; ich bin es, die nunmehr die Entscheidungen trifft, und das hier ist mein Eigentum …

Es war bereits dunkel, als ich wieder zum Haus zurückkehrte. Ich benützte den Hintereingang, ging nochmals hinauf in den ersten Stock in den ehemaligen Operationssaal. Aus meiner Tasche nahm ich die handgeschriebenen Seiten. Ich hatte mir nicht die Mühe gemacht, die losen Blätter wieder der Reihe nach zu sortieren, denn es würde sie niemand mehr lesen.

Ich nahm die erste Seite, zündete sie an einer Ecke an und sah zu, wie sie verbrannte; und so geschah es Seite für Seite. Kein Rauch entwickelte sich dabei, niemand vom Ort konnte auf mich aufmerksam werden.

Es dauerte viele Stunden, bis sich nur mehr ein Häuflein Asche vor mir befand. Das vor mir war jetzt meine Vergangenheit, und ich war überzeugt, das einzig Richtige getan zu haben.

Alles sollte bleiben, wie es war, und das Haus sollte vergessen werden …

Als ich wieder zum Auto ging und nach meinem Autoschlüssel suchte, fand ich in meiner Hosentasche wieder die zwei Porzellanscherben. Ich wollte sie schon wegwerfen, doch dann steckte ich sie wieder ein.

S. W.

Wer sollte sich daran noch erinnern …?

Danksagung

Mein Dank ergeht posthum an Herrn Günther Knotzinger, ohne dessen Nachlaßwerk die Recherchen zu den Fakten nicht möglich gewesen wären,

sowie

an Frau Prof. Dr. Martina Pippal vom Institut für Kunstgeschichte an der Universität Wien für ihre tatkräftige Unterstützung.

Schlußbemerkungen zu

KAPITEL 2, GEORG

Auf dem Gelände des Sanatoriums wurde auf Initiative von Hofrat Prof. Dr. Hermann Schlesinger die „Kriegerheilstätte vom Roten Kreuz“ errichtet. Er stellte sich mit einem hohen Betrag an die Spitze einer Sammlung. Die Besitzer stellten für 10 Jahre den Baugrund zur Verfügung. Am 31. 10. 1920, bei –10° Celsius, brannte die Kriegerheilstätte völlig nieder (vgl. Günther Knotzinger, „Das SS-Heim Wienerwald“, Seite 6).

Die Person des Georgs und seine Lebensgeschichte wurden von der Autorin für diese Faction frei erfunden.

Dr. Baer hatte zwei Töchter, über deren Verbleib während der NS-Zeit nichts bekannt ist. Erwiesen ist lediglich, daß die beiden Töchter Madlen und Grete den Nationalsozialismus überlebten. Seine Frau Elisabeth Baer blieb, als Nicht-Jüdin, von den Nationalsozialisten unbehelligt. Sie ist im Jahr 1956 in Wien an Darmkrebs verstorben und wurde am Wiener Zentralfriedhof begraben (vgl. Günther Knotzinger, „Das SS-Heim Wienerwald“, Eigenverlag, Feichtenbach 2001, Seite 18).

Die Flucht nach Dänemark wurde von der Autorin für diese Faction frei erfunden.

KAPITEL 3, HANNA

In Österreich wurden im April 1938 drei Heime von der SS beschlagnahmt und dem Lebensborn-Projekt übereignet: das Lungensanatorium Feichtenbach bei Pernitz, 70 km südlich von Wien; ein Kinderheim in Neulengbach bei St. Pölten und Schloß Oberweiß bei Gmunden. Alle drei Gebäude waren ehemaliger jüdischer Besitz. Das Kinderheim in Neulengbach nahm der Lebensborn niemals in Betrieb. Zwei Zeitzeugen, die sowohl im „Sanatorium Wienerwald“ als auch im – adaptierten – Lebensborn-Heim gearbeitet haben, berichteten: „Alle Angestellten muß-ten sich im Musikzimmer versammeln. Es kam auch Dr. A. Baer, der nervenkrank war. Er wurde nach Waffen untersucht …“ (vgl. Günther Knotzinger, „Das SS-Heim Wienerwald“, Eigenverlag, Feichtenbach 2001, Seiten 15, 16).

Die Personen Georg Meier und Hanna Bachler, deren Nachkommen, sowie Obersturmführer Braun, Oberscharführer Schmidt, Martha, Sigmund und Werner sowie deren Lebensgeschichten sind von der Autorin für diese Faction frei erfunden.

Den derzeitigen Besitzer des ehemaligen „Hotel Feichtenbach" zu eruieren, war der Autorin nicht wichtig. Seit Oktober 2002 ist das Haus jedenfalls geschlossen. Nach jüngsten Zeitungsmeldungen („Bezirksblatt" Nr. 47 vom 19. November 2008) soll das „sündhaft teure Projekt" (O. T. „Bezirksblatt") einem „zur Zusammenarbeit mit NÖs Landesregierung bereiten Investor" angeboten worden sein. Das Objekt soll „alsbald eine öffentliche, psychosomatische Sonderkrankenanstalt als Anlaufstelle für alle Arten von Abhängigkeiten" (O. T. „Bezirksblatt") werden. Das Konzept dazu soll (ebenfalls nach „Bezirksblatt") „... bei der Österreichischen Gesellschaft für Psychiatrie und Psychotherapie zur Begutachtung" liegen.

Die Zukunft des „Hotel Feichtenbach" ist zur Zeit der Drucklegung des Buches also – zumindest öffentlich – noch ungeklärt. Ob die notwendigen Finanzen (Kaufpreis des Objektes laut „Bezirksblatt" angeblich zwei Millionen Euro) aufgetrieben werden können, um das Haus wieder instandzusetzen und neuen Aufgaben zuzuführen, war (Drucklegung des Buches Dezember 2008) jedenfalls noch offen.

(Über die vorangegangenen Besitzverhältnisse siehe z. T. auch Günther Knotzinger, „Das SS-Heim Wienerwald", Eigenverlag, Feichtenbach 2001, Seiten 66–69).

Die Personen Lilli und Jakob und deren Geschichte sind von der Autorin für diese Faction frei erfunden worden und sollten mit eventuell lebenden Personen jedenfalls nichts gemeinsam haben. Auszuschließen wären – von der Autorin unbeabsichtigte und ihr auch völlig unbekannte – Ähnlichkeiten aber nie: bei mehr als 1200 Schicksalen, die allein dem Lebensborn-Heim Feichtenbach entsprossen …

Literaturhinweise

Knotzinger, Günther: Das SS-Heim „Wienerwald“ und die Geschichte des Hauses von 1904 bis zur Gegenwart; Eigenverlag; Feichtenbach 2001; 105 Seiten.

Ast, Hiltraud: Feichtenbach, eine Tallandschaft im Niederösterreichischen Schneeberggebiet; Verlag Brüder Holinek, Wien 1994; 82 Seiten.

Georg, Lilienthal: Der Lebensborn e.V.; Fischer Taschenbuchverlag, Frankfurt am Main 1993; 271 Seiten.

Bezirksblatt Nr. 47 vom 19. Nov. 2008

UMSCHLAGFOTOS:

Oberes Foto und Foto auf Seite 5: Ansichtskarte „Sanatorium Wienerwald", ca. 1920 vom Verlag L. Mayer, Feichtenbach Post Ortmann NÖ., im Besitz der Autorin.

Unteres Foto: „Hotel Feichtenbach", Foto 2005 von Eleonore Rodler.

Foto Gedenkstein, Seite 15: Dr. Walter Weiss, Verlag Edition va bene